Richtig Leben!...

Ist wie ein perfekter Tag

Für Angelika.

Die mir Tag für Tag in allem was sie tut, das Wort
„bedingungslos" immer wieder vorlebt.

Danke an die Neurologische Abteilung des Evangeli-
schen Krankenhaus Unna, an die Celenus Klinik für Neurologie in Hilchenbach, an die
Ergotherapie Hoffmann in Bönen und auch an die Praxis
Soebel in Kamen.

Insbesonderer Dank geht an meine Therapeuten, die es
immer wieder schaffen, aus einem einfachen Therapie
Termin, ein Hochleistungstraining zu gestalten.

Und an Melanie für deine Hilfe.

Steve
Moralee

Richtig Leben!...
Ist wie ein perfekter Tag

Bibliographische Information der Deutschen Nationalbibliothek: Die Deutsche Nationalbibliothek verzeichnet diese
Publikation in der Deutschen Nationalbibliographie; detail-
lierte bibliographische Daten sind im Internet über
http//dnb.dnb.de abrufbar

© 2018 Stephen Moralee
Herstellung und Verlag
BoD – Books on Demand, Norderstedt

ISBN: 9783748102106

Inhaltsverzeichnis

In the bleak midwinter

(Christina Rosetti 1830 – 1984)

In the bleak midwinter
Frosty wind made moan,
Earth stood hard as iron,
Water like a stone;
Snow had fallen,
Snow on snow,

Snow on snow,
In the bleak midwinter,
Long ago.

Mitten im kalten Winter
bei klirrend kaltem Wind,
die Erde hart wie Eisen,
das Wasser wie ein Stein,
Schnee war gefallen,
Schnee auf Schnee,

Schnee auf Schnee,
mitten im kalten Winter
vor langer Zeit.

<u>Prolog</u>

Manchmal, wenn du versuchst ein Ziel zu erreichen, Stellt dir das Leben Hindernisse im Weg.
Menschen werden nicht an dich glauben und dir sagen, dass du es nicht schaffen kannst.
Aber Du kannst diese Hindernisse aus dem Weg
schaffen und allen Zeigen was du drauf hast.
Du wirst aber dafür hart arbeiten müssen, jeden Tag
aufstehen und weitermachen, bis du es dann endlich
schaffst –
so ist das Leben
(Steve Moralee)

Seefeld, Österreich, Winter 1986

Es war eigentlich viel zu warm für die Jahreszeit.

Wir waren an Temperaturen zwischen minus acht und minus fünfzehn Grad gewöhnt und der mit Wolken bedeckte Himmel gefiel uns ganz und gar nicht. Wir vermissten den strahlenden Sonnenschein und die knackige kalte Luft von St. Moritz.

Ich schaute kurz auf meine Uhr. „In fünfzehn Minuten muss ich am Start sein", dachte ich. Dann hörte ich, wie der Wind durch die Tannen fegte. Ganz oben saßen ein paar Krähen und beschwerten sich ebenfalls über das Wetter.

Ich schaute skeptisch nach oben und beobachtete, wie die dichten Schneewolken bedrohlich über uns schwebten. Ein paar Schneeflocken wurden vom Wind durch die Bäume gefegt und Jock, einer meiner Teamkollegen, schaute mich ängstlich an.

Ich zog ein Gesicht als ob ich gerade an einem Paar stinkenden Socken gerochen hatte. „Es gibt gleich Schnee, ich kann es riechen.", sagte ich. Er nickte seine Zustimmung, ohne was zu sagen, während wir unser die Skier anschnallten und uns langsam auf den Weg in Richtung des Startbereichs machten.

Ein paar Minuten später standen wir am Start. Es waren fünf Läufer vor mir, also hatte ich noch ein bisschen Zeit, bevor es losging. Wie immer - kurz vor meinen Rennen - wurde ich ganz ruhig und machte mir ein paar Gedanken über das, was gleich passieren würde.

Das monatelange Training und die bis ins letzte Detail berechnete Ernährung hatten mich optimal auf diesen Tag vorbereitet. Ich war in absoluter Top-Form für das erste Rennen der Saison. Es hätte bisher nicht besser laufen können, aber ich wusste auch, dass mir die nächsten 90 Minuten alles höllisch wehtun würde und ich konnte nichts mehr dagegen unternehmen. Irgendwann, im Laufe des Rennens, würden meine Lungen nicht mehr genug Sauerstoff aufnehmen können, um meine Muskeln zu versorgen. Ich würde Atemnot bekommen und alles würde wehtun. Mein Körper würde nach Ruhe schreien, während ich nach Luft schnappe und eine Mischung aus Schaum und Nasensekret unkontrolliert über mein Gesicht fließen würde.

Aber mein Kopf und eiserner Wille würden meinem Körper diese Ruhe erst gönnen, wenn die Ziel-Linie erreicht wurde.

Im Endspurt würde die Luftnot noch schlimmer, die Schmerzen kaum zu ertragen werden; ein blutiger Geschmack im Mund und schwarze Punkte vor meinen Augen würden mich bis ins Ziel begleiten.

Der Trainer würde - wie immer neben der Loipe - ein paar hundert Meter vor der Ziellinie stehen und das einzige, was ihm einfallen würde, würde „Hopp, hopp, hopp!", „Weiter so!", Gas, Gas, Gaaas!" sein. So oft habe ich kurz vor dem Ziel gedacht, wenn er noch einmal „Hopp!" oder „Gas!" sagt, schnalle ich mir die Skier ab und haue ihm eins auf die Fresse. Zu seinem Glück war ich aber zu diesem Zeitpunkt körperlich nie in der Lage dazu.

Das wäre auch nicht gut gegangen. Er war nicht nur mein Trainer, sondern außerdem einer meiner besten Freunde und wie ein Vater für mich. Er hatte als Skilangläufer viel geschafft in seinem Leben; den Engadin Skimarathon dreimal gewonnen, war auch mehrmals Schweizer Meister über die 90 Kilometer und hatte Top Fünf-Platzierungen im Wasalauf und König Ludwigslauf gelaufen. Vor solchen Leuten hatte ich Respekt, so einer durfte mich ruhig anschreien.

Nur noch zwei Läufer waren vor mir; der Schneefall wurde intensiver. Skilanglauf während eines Schneesturms ist nicht lustig und kaum machbar. Stelle dir vor, du müsstest - so schnell wie du kannst - 30 Kilometer Barfuß ein weichen Strand entlanglaufen, denn so fühlt sich ein Skilanglaufrennen im Schneesturm an.

Der Läufer vor mir legt los und ich rutsche ein paar Metern nach vorne bis meine Schienbeine die Startsperrstange berührten.

„Dreißig Sekunden.", hörte ich.

Die Stimme war zwar nur einen Meter neben mir von meiner rechten Seite entfernt, aber die Worte nahm ich kaum wahr. Ich war irgendwo ganz weit weg, in einer anderen Welt, in der nur zwei Dinge existieren... Mein Ziel... und ich.

„Zehn Sekunden."

„Die schlimmsten zehn Sekunden meines Lebens haben gerade angefangen", dachte ich - wie immer kurz vor dem Start. Jetzt gab es kein Zurück mehr. Ich rutsche noch mal ganz kurz mit meinen Skiern hin und her und hole noch einmal tief Luft.

„Beep, Beep, Beep, Beep, Beeeeeeep!"

Beim fünften „Beep" des Startsignals hörte ich gleichzeitig ein „Klick" als sich die Startsperrstange nach rechts schwang und die Loipe vor mir frei gab.

Jetzt war jede Körperzelle eingestellt auf das, was ich zu tun hatte und ich spürte wie mein Körper den eingeatmeten Sauerstoff aufnahm und mir Energie gab. Ich hörte meinen Herzschlag und wie das Blut an meinen Ohren rhythmisch vorbei sauste, wie ein immer wieder vorbeifahrender Express-Zug … „whoosh … whoosh … whoosh … whoosh". Es war ein Geräusch das Ähnlichkeiten mit einem ganz anderen Geräusch hatte, welches ich erst viel später in meinem Leben kennenlernen würde...

Alles, was ich über die nächsten 90 Minuten machen würde, war nicht mit dem normalen Leben zu vergleichen. Ich würde mehrmals in die Hölle gehen und wieder zurückkommen, bis ich über die Ziellinie fallen und vor Schmerzen und Erschöpfung - wie eine frisch gefangene Forelle - erstmal liegen bleiben würde.

Meine Augen waren weit offen in einer Mischung aus kontrollierter Aggression und purer Angst vor dem, was auf mich zukam, und auf meinem Mund war ein breites Lächeln.

Das Rennen entpuppte sich als einer meiner erfolgreichsten Tage als Sportler überhaupt. Meine Zeit für die 30 Kilometer war zwar nicht so berauschend, aber meine Platzierung schon. Da viele Läufer das Rennen wegen der Bedingungen abgebrochen oder überhaupt nicht angetreten waren, wurde sogar überlegt, das Rennen komplett abzubrechen, aber eine Handvoll Läufer haben es tatsächlich geschafft.

Aus Respekt haben alle anderen Läufer, Trainer und Streckenhelfer neben der Loipe im Schlussbereich gestanden und haben uns ins Ziel gejubelt. Damals war Skilanglauf nicht wirklich ein Zuschauersport wie heute und das war für mich fast unangenehm.
Mein Trainer stand - wie immer - ein paar hundert Meter vor dem Ziel. Heute schrie er nicht „Gas" oder „Hopp". Er hatte nur eine Hand zur Faust geballt und nickte. „Gut Steve, sehr gut!", sagte er, als ich ihn anschaute. Sein Blick war voll vor Respekt für meine Leistung.

Durch meine Zeit als Hochleistungssportler ist mir die Disziplin ins Blut übergegangen, alles andere habe ich wie an diesem Tag mit harter Arbeit geschafft.

Dass ich viel später im Leben genau diese Disziplin und harte Arbeit brauchen würde, um die einfachsten Dinge im Alltag meistern zu können, hätte ich mir damals in 1986 als zwanzigjähriger Skilangläufer niemals vorstellen können.

Ein perfekter Tag

Hamm, Nordrhein-Westfalen, 14 Oktober 2017

„Wir müssen ein MRT-Bild vom Gehirn und der Halswirbelsäule machen, um einen Tumor aus zu schließen.", hörte ich einen Arzt zum anderen sagen, als ob es die normalste Sache der Welt war. Zuerst fand ich das ärgerlich, behandelt zu werden, wie ein Möbelstück, das repariert werden musste, dann dachte ich nach...

Natürlich, für ihn ist das völlig normal, er macht so-was mehrmals täglich und denkt nicht großartig darüber nach, wie er sich ausdrückt. Dass ich quer-schnittsgelähmt im Krankenhaus lag, war aber für mich dagegen nicht normal. Absolut gar nichts mehr war normal, dachte ich, als ich wieder versuchte, die Finger in meiner rechten Hand zu bewegen. Denn das war das Einzige, was noch funktionierte.

Mein ganzes Leben nach dem 14 Oktober 2017 wür-de alles andere als normal sein.

Vierzehn Tage vorher

Es war ein Samstagmorgen, Anfang Oktober 2017, man könnte sagen ein perfekter Tag. So fing das Ganze jedenfalls an…

Es wurde langsam hell draußen, als ich von Vogelgezwitscher und dem Zuknallen einer Autotür wach geworden bin. Bis auf einen ungefähr dreißig Zentimeter großen Spalt im Fensterrollo, war das Zimmer ziemlich dunkel. Der Schlitz reichte aus, um unserer Katze Happy eine Ausblickmöglichkeit zu geben.
Ohne Angelika zu wecken, versuchte ich, im Halblicht die Uhrzeit zu ermitteln.
Irgendwas vor acht, dachte ich, ohne es wirklich zu wissen und überlegte mir, ob ich noch eine Weile liegen bleibe. Aber ich war wach. Daher ging ich dann doch nach unten in die Küche, um uns einen Kaffee zu kochen. Das war eins unserer Rituale am Wochenende. Kaffee trinken im Bett und schön langsam wach werden, bevor der Tag anfängt.

Wie fast jeden Morgen maunzte mich Happy ungeduldig an, als ich an der Haustür in Richtung Küche vorbeiging. Ich machte die Tür kurz auf, sie sprang raus, um ihre Freiheit zu genießen und ihre Geschäfte zu erledigen, um nur ein wenig später wieder zurück zu kommen und mich in lautem und ungeduldigem

Ton darauf aufmerksam zu machen, dass es noch nichts zu essen gab.

Es war ziemlich kühl für Oktober. Die Luft war frisch und knackig und die Sonne ließ sich langsam aber sicher über demselben Hausdach blicken wie an jedem Tag.
Ich sah, wie Happy auch wieder fast denselben Weg entlanglief, wie jeden Tag. „Tja, Mutter Natur hat auch ihre Rituale.", dachte ich. Die Augen geschlossen holte ich ein paar Mal tief Luft und spürte, wie der Sauerstoff in meinen Körper hinein drang und langsam, von innen nach außen, gleichzeitig wie die kühle Luft auf meiner Haut von außen nach innen, meinen Körper weckte und freute mich auf die kommenden kalten Wintermonate, in denen sich dieses Gefühl noch intensiveren würde.
Kurze Zeit später war ich mit zwei dampfend frischen und nach Kaffee riechenden Tassen auf dem Weg nach oben.

Normalerweise wurde Angelika vom Kaffeegeruch wach und wir würden uns eine Weile im Bett unterhalten, bevor ich mich für mein Training umziehen und loslegen würde, aber an diesem Tag schlief sie noch tief und fest.

Ein Jahr vorher hatte ich mit einer neuen Sportart angefangen zu experimentieren. Es war eine Mischung aus Olympischem Gehen und Nordic Walking - für mich die nächstbeste Bewegungsart zum Skilanglauf, die ich bisher gefunden hatte und ich freute mich leise und kaffeetrinkend auf das Training und bereitete mich seelisch vor.

Ich schlürfte meinen Kaffee ein bisschen lauter, um zu sehen, ob ich sie dadurch wecken konnte, aber keine Chance, heute schlief sie einfach tief und fest weiter. Sie schlief immer noch als ich wieder nach unten ging, um mich fürs Laufen anzuziehen.
Beim Laufen genoss ich jeden Schritt. Ich hatte das ganze Jahr an dieser Technik herumgefeilt, um sie zu perfektionieren; die hohen Ansprüche an Koordination brachten mich so manches Mal an meine Grenzen. Manchmal klappte die Koordination gut, dafür bekam ich die Atmung nicht gut hin oder mir fehlte die Kraft in den Beinen oder im Rücken, aber an diesem Tag lief alles zusammen.

Die Schritte waren genau im Takt mit meinem Armeinsatz, die Hüftdrehung und gleichzeitige diagonale Gegendrehung in meinen Schultern war perfekt und ich spürte wie diese beiden Drehungen mich nach vorne beschleunigten und sich mein Körpergewicht leicht und locker von einer Seite zur anderen verlagerte. Ich bekam super Luft und hatte das Gefühl unendlich Kraft in meinen Armen und Beinen zu haben.

Die Sonne strahlte durch die Bäume, wärmte meinen Rücken und die Schultern. Das Geräusch meiner Füße, als ich durch das Laub lief, erinnerte mich an das Rutschen von Langlaufskiern auf der eiskalten Loipe im Roseg Tal in der Nähe von St Moritz, wo es morgens wegen der hohen Berggipfel am Loipenrand bis mittags immer noch sehr schattig und kalt war. Es schien, als ob Mutter Natur das Ganze als Erfolg abstempeln wollte.

Die letzten zehn Minuten ging ich langsamer, um die Luft noch etwas länger zu genießen. „Ich glaube, das ist der Anfang eines perfekten Tages.", dachte ich laut, als ich mein Dehnprogramm absolvierte. Ein paar Minuten später würde ich merken, dass ich mich getäuscht hatte.

Zu Hause unter der Dusche überlegte ich, was wir mit dem heutigen Tag anfangen würden. Erstmal schön in Ruhe frühstücken, ein bisschen was im Garten unternehmen, vielleicht, wenn es warm genug wäre, nachmittags eine Stunde draußen sitzen, danach die Sportschau und anschließend einen Film schauen und ein Glas Rotwein trinken.

„Perfekt!", sagte ich zu mir selbst, als ich aus der Dusche stieg.

Dann….. BANG!!!!

Plötzlich lag ich auf dem Badezimmerboden mit unglaublichen Schmerzen in meiner linken Schulter. Ich versuchte mich so gut es ging aufzurichten und Angelika, die jetzt wach war, kam schnell ins Badezimmer geeilt, um zu sehen was passiert war.

Es dauerte eine ganze Weile, bis ich aufstehen und mich zur ersten Sitzgelegenheit in der Nähe schleppen konnte. Somit saß ich erstmal auf der Toilette, wo ich versuchte, mich von dem Sturz zu erholen.

„Komm, wir fahren ins Krankenhaus.", sagte Angelika, ihre Stimme wackelig und aufgeregt.

„Nein, das geht schon. Ich muss mich nur ein bisschen bewegen. Ich glaube nicht, dass irgendwas gebrochen ist.", antwortete ich.

Es ging mir aber nicht gut, ich konnte mich nur mit großer Mühe anziehen und meinen linken Arm konnte ich kaum bewegen. So viel zu einem perfekten Tag!

Den Rest des Wochenendes versuchte ich, meinen Arm so weit wie möglich zu schonen, der sich bis sonntagabends fast komplett in Blau- und Gelb-Farben verwandelt hatte. Die Woche danach ging ich zwar arbeiten, machte aber nur das Notwendigste und versuchte mich - so gut wie es eben ging - zu schonen.

Ab Donnerstagnachmittag ging es mir etwas besser. Abends versuchte ich, ein paar leichte Kraftübungen zu machen, nur um dies nach ein paar Minuten als schlechte Idee abbrechen zu müssen. Zu allem Überfluss plagte mich ein Tag später das Gefühl, eine Erkältung zu bekommen. Die folgenden Tage bestätigten mein Gefühl und ich lag mit einer starken Erkältung flach.

Als ich den Montag danach wieder arbeiten ging, fühlte ich mich viel besser, mein Arm tat mir nicht mehr so weh und die Erkältung war so gut wie weg. Ich entschied mich trotzdem ein paar Wochen auszuruhen und erst Ende Oktober wieder mit dem Training zu beginnen. Schon wieder hatte ich mich getäuscht...

Im Laufe der Woche merkte ich, dass ich nach und nach leichte Kopfschmerzen bekam. Nicht solche Schmerzen, die man bei „normalen" Kopfschmerzen bekam - mehr so im Hinterkopf und im Nacken, als ob ich mir einen Nerv eingeklemmt hätte. Ich dachte, dass ich vielleicht beim Sturz einen Knacks bekommen hatte und legte mich abends in die heiße Wanne. Mit Salbe und Schmerzmitteln versuchte ich, das Problem zu beseitigen, leider ohne Erfolg. Ganz im Gegenteil... Die Schmerzen wurden von Tag zu Tag und von Stunde zu Stunde immer schlimmer, so dass sie bis zum Ende der Woche kaum zu ertragen waren. Freitagabends ging ich mit Schmerzen früh schlafen.

Irgendwann wurde ich wach; ich glaube, es war gegen vier Uhr morgens. Ich lag auf dem Rücken und dachte „Oh. Keine Schmerzen mehr." Als ich aber versuchte, mich aufzurichten, hatte ich das Gefühl, als hätte mir gerade jemand mit einem Baseballschläger auf den Hinterkopf gehauen.
Die Schmerzen waren unerträglich.... Ich habe schon öfters in meinem Leben Schmerzen gehabt, aber das hier war nicht normal.

Obwohl ich mich vor lauter Nacken- und Kopfschmerzen kaum bewegen konnte, schaffte ich es, nach unten zugehen und versuchte im Dunkeln meine Schultern und Arme in Bewegung zu bringen. „Scheiße, das ist bestimmt ein eingeklemmter Nerv!", dachte ich. Beim Versuch, das Licht anzumachen, kam ich irgendwie nicht mit meiner Hand an den Lichtschalter heran. Es fühlte sich total komisch an, so als ob meine Arme eingeschlafen wären.

Ich hielt meine Hände vors Gesicht und wollte meine Finger bewegen, um die Durchblutung anzuregen, aber in der Dunkelheit konnte ich nichts sehen. Also betätige ich den Lichtschalter mit meinem Kopf.

Das nächste, was ich spürte, war eine Mischung aus purem Schock und unfassbarer Angst.

Meine Hände waren nicht vor meinem Gesicht, wie ich vermutet hatte, sondern hingen schlaff am Ende meiner Arme, die ebenfalls schlaff neben meinen Körper hingen. Wieder versuchte ich meine Hände hochzuhalten und mein Schock und meine Angst bestätigten sich. Ich konnte meine Arme nicht mehr bewegen.

Ich fing an, schneller zu atmen, ging ein bisschen hin und her, als ob ich vor der Situation flüchten wollte, aber ich wusste nicht wirklich, was ich jetzt machen sollte.

Kurz danach kam Angelika runter, sie hatte mich gehört und wollte wissen was los war.

„Du, mir geht es echt nicht gut.", sagte ich. „Ich kann meine Arme nicht richtig bewegen und ich habe solche Schmerzen, ich glaube wir sollten doch ins Krankenhaus fahren".

„Oh Gott, hoffentlich hast du kein Schlaganfall.", sagte sie mit zitternder Stimme.

„Nein, ich glaube nicht, dass es sowas ist, ich denke irgendwas ist eingeklemmt.", antwortete ich. In diesem Moment versuchte ich nur, sie und vor allem mich selbst, zu beruhigen.

Es war mir aber nicht gelungen.

OP? Nein Danke!

Den Weg zum Krankenhaus wollten wir nur schnell und sicher hinter uns bringen und redeten kaum ein Wort miteinander. In der Notaufnahme angekommen, erklärte ich einem sehr müde wirkendem jungen Arzt so gut es ging, was bei mir los war; dass ich vierzehn Tage vorher gestürzt war und eine Woche vorher eine Art „Zweitagesgrippe" hatte.

Nach einem kurzen Gespräch mit seinem Kollegen kam er wieder zu uns und sagte, dass sie Röntgenbilder machen wollten, um einen Bruch oder eine Halswirbelverletzung auszuschließen und schickte uns in die Röntgenabteilung.

Während des Röntgens, die ich im Stehen machen musste, hatte ich ein komisches Gefühl im Beckenbereich und in meinen Beinen. Das fühlte sich anders an als in meinen Armen, mehr ein zittriges Gefühl, aber ich konnte meine Beine bewegen und spüren und schob das auf den Schock. Das Gefühl wurde aber von Moment zu Moment schlimmer, so dass ich irgendwann nicht mehr stehen konnte. Ich hielt mich so gut es ging fest und rief nach Hilfe.

„Ok, wir haben genug Bilder gemacht.", sagte eine Schwester und schob einen in der Nähe stehenden Rollstuhl von hinten an meine Beine heran, die im gleichen Moment zusammenknickten, so dass ich völlig unkontrolliert in den Rollstuhl plumpste.

„Das war knapp.", sagte sie. An die Stunde danach kann ich mich nicht wirklich erinnern. Ich glaube, Angelika hatte mich zurück in die Notaufnahme geschoben, wo ich mich erstmal auf eine Pritsche legte, bis ein Neurologe mich untersuchen kam.

Der Neurologe hatte schulterlanges, graues Haar und eine weiche angenehme Stimme mit osteuropäischem Akzent. Ich hätte ihn eher als Kunstmaler oder Lehrer eingeschätzt, aber nicht als Neurologen. Später bekam ich mit, dass er aus Rumänien stammte.

Nach der Untersuchung schien er ein bisschen besorgt über meinen Zustand und entschied mit den anderen beiden Ärzten, mich vorsichtshalber in eine naheliegende Neurochirurgie zu verlegen. Angelika hatte mitbekommen, dass er einen Hirn- oder Halswirbeltumor vermutete, entschied sich aber, mir diese Information vorzuenthalten, um mich zu schonen. Die Fahrt in die Neurochirurgie dauerte ungefähr eine dreiviertel Stunde und als ich dort ankam, hatte ich kein Gefühl mehr in meinen Arme und Beinen und machte mir langsam ernsthafte Sorgen um meinen Zustand.

Nach einem kurzen Aufnahmegespräch wurde ich auf eine Station gebracht und ein paar Minuten später besuchte mich eine Ärztin. „Wir werden ein MRT und CT vom Gehirn und Rückenmark machen. Wir müssen ein paar Dinge ausschließen, bevor wir eine Entscheidung treffen.", sagte sie kurz und ging wieder. Einige Stunden später wurde ich von einem älteren, sehr dünnen Mann in Zivilbekleidung abgeholt, der die MRT und CTs durchführen würde.

Wegen der Zivilbekleidung im Wochenend-Look vermutete ich, dass er nur meinetwegen da war und sonst schön bequem zu Hause sitzen würde.
„Doof, dass sie extra wegen mir reinkommen mussten.", sagte ich. „Ach ich habe Bereitschaft, man rechnet sowieso damit, von daher ist alles gut.", antwortete er. „Ich wollte eine Runde joggen gehen, aber das kann ich auch später.", fügte er hinzu. Während der Vorbereitung für die MRT und CT-Aufnahmen plauderten wir über Sport. Das ist ein netter Mann, dachte ich so bei mir. Und auch ein Sportler wie ich, dadurch war er mir gleich noch sympathischer.

Er erzählte mir, dass sie einen Tumor ausschließen wollten und dass dafür ein spezielles Kontrastmittel benutzt wird, wie es sich anfühlen würde und dass ich mir keine Sorgen machen sollte.

Ich fühlte mich bei dem Mann gut aufgehoben und machte mir dann auch keine Sorgen, zumindest nicht über das Kontrastmittel.

Ich wurde in die MRT-Röhre geschoben und versuchte, es mir bequem zu machen. Das Gerät startete und ich schloss die Augen… „whoosh … whoosh … whoosh ……… Klick".

Hey, diese Geräusche kenne ich, dachte ich mir. Aber ich wusste in dem Moment nicht woher. Nach ein paar Minuten schlief ich ein.

Als alles vorbei war und er mich aus der Röhre rausholte, fragte ich sofort, ob man was sehen konnte. „Also die gute Nachricht ist, dass da nirgendwo ein Tumor oder Ähnliches zu sehen ist. Da ist etwas an der Wirbelsäule im Nackenbereich, aber das bekommen wir wieder geradegebogen. Du hast übrigens wie eine Eins gelegen. Gut gemacht!", sagte er.

„Ich habe geschlafen. Was kann man denn sehen?", fragte ich ängstlich. „Ach, das werden die Ärzte alles mit Dir besprechen. Du hast auf jeden Fall keinen Tumor, weder im Gehirn noch im Rückenmark.", sagte er und schob mich wieder Richtung Station.

„Wollten wir nicht auch CTs machen?", fragte ich.

„Da ist ein Notfall reingekommen, darum muss ich mich zuerst kümmern. Deine CTs werden wir wahrscheinlich auf Morgen verschieben".

Ich wusste, dass er gelogen hatte und schlagartig war er mir nicht mehr ganz so sympathisch wie vorher.

Zurück auf der Station verabschiedeten wir uns und als ich ihm viel Spaß beim Laufen wünschte, drehte er sich um. „Ja, jetzt schnell nach Hause, umziehen, und dann geht's sofort los.", sagte er mit einem großen Lächeln im Gesicht. Von wegen Notfall, dachte ich.

Als er die Tür erreichte, drehte er sich nochmal kurz um, als hätte er meine Gedanken gehört. „Ich brauche mich um den anderen doch nicht kümmern.", fügte er schnell hinzu. Da wir die ganze Zeit zwischen MRT Untersuchung und Station zusammen waren, wunderte ich mich, wann er das mitbekommen haben sollte.

Naja, er will einfach raus in die frische Luft seinen Lauf genießen, dachte ich.

Ich konnte es ja auch gut verstehen und entschied mich, dass er mir doch sympathisch war, sehr sogar. „Dann hau rein!", sagte ich. „Du auch!", sagte er zurück.

„Naja, ich werde versuchen, es nicht zu übertreiben.", fügte ich hinzu, als er durch die Tür hinausging. Er verließ lächelnd den Raum. In diesem Moment erwischte ich mich, wie ich auch lächelte.

Kurze Zeit später kam ein Arzt zu mir ins Zimmer, den ich noch nicht kannte, um mit mir die MRT-Bilder zu besprechen.

Er erzählte mir, dass ich eine Entzündung im Rückenmark sowie eine leichte Bandscheibenvorwölbung im Halswirbelbereich hätte. Allerdings hätte er keine Erklärung für meine Lähmungen, die immer schlimmer wurden. Er schlug vor, eine Cortison Stoßtherapie zu machen, die normalerweise bei einer Behandlung von akuten MS Schüben üblich war, um die Entzündungen letztendlich in den Griff zu bekommen. Danach würden wir weitersehen. Das hörte sich nach einem vernünftigen Plan an und ich stimmte zu.

Kurz darauf kam eine Schwester ins Zimmer und legte mir einen Tropf mit einer Mischung aus Cortison, Antibiotika und Schmerzmitteln an. Während ich am Tropf lag, kam die erste Ärztin nochmal zu mir. „Sie haben das Gespräch mit meinem Kollegen schon gehabt.", sagte sie. „Ja, der war gerade da.", antwortete ich. „Gleich haben wir ein Meeting mit dem Chefarzt, um zu entscheiden, wie es weitergeht. Danach komme ich wieder zu Ihnen.", sagte sie, bevor ich meinen Satz zu Ende sagen konnte. Ich wollte noch „OK" sagen, aber da war sie schon wieder verschwunden.

Es war ungefähr 14:00 Uhr und ich wartete auf einen Anruf von Angelika, die abends vorbeikommen wollte. Ich versuchte mich mit Ach und Krach aufzurichten und merkte, dass mir das aufrecht sitzen schwerfiel und ich auch nur schwer Luft bekam.

Auch merkte ich, dass von meinen unteren Rippen bis hin zu meinen Oberschenkeln zu allem Überfluss alles komplett taub war.

Die Ärztin kam wieder ins Zimmer. Musste ein schnelles Meeting gewesen sein, dachte ich.

„So, wir werden erstmal abwarten, ob Sie durch die Cortison Therapie eine Verbesserung merken. Dann wissen wir, dass die Probleme von der Bandscheibe kommen und können operieren."

„Ehm, operieren?", fragte ich ängstlich.

„Ja, wir werden eine Bandscheibe entfernen, eine Prothese einsetzen und gegebenenfalls Ihre Halswirbelsäule versteifen." Dabei legte sie einen Zettel mit einer Erklärung für die Operation neben mein Bett und sagte, sie würde später wieder vorbeischauen.

Das Telefon klingelte und ich nahm mit meiner rechten Hand ab - das einzige Körperteil, das ich problemlos bewegen konnte. Es war Angelika. „Die wollen mich an der Wirbelsäule operieren.", sagte ich aufgeregt. „Oh Gott!" „Ich mache das nicht Schatz, ich habe kein gutes Gefühl dabei!"

„Nein, mach das bloß nicht! Ich bin in einer Stunde da.", sagte sie und legte auf. Ich fühlte mich sofort besser, nicht nur, weil sie kommen wollte, sondern auch, weil sie gleicher Meinung war. Als sie da war, zeigte ich ihr den Zettel und erzählte, was bisher passiert war.

„Zwei verschiedene Ärzte, der eine sagt dies, der andere sagt das. Angeblich kommen die Beschwerden von einer Bandscheibe, aber eigentlich auch wieder nicht. Ich will hier nicht bleiben.", sagte ich. „Nein, wir lehnen die OP ab und sehen weiter.", sagte Angelika schließlich.

Das Abendessen kam und Angelika versuchte, mich so weit wie es ging zu füttern und sauber zu machen. Dann legte ich mich wieder hin und wir unterhielten uns noch eine Weile. „Ich fühle mich schon ein bisschen besser. Ich denke ich bleibe bis Dienstag hier und bleibe den Rest nächster Woche zu Hause, bevor ich wieder arbeiten gehe.", sagte ich. Sie sah mich mit feuchten Augen an. Sie wusste, dass ich mir was vormachte. Heimlich hatte sie sich schon Gedanken gemacht, wie das Leben überhaupt klappen sollte. Aktuell lag ich im Krankenhaus mit einer unerklärlichen Querschnittslähmung. Angelika blieb ungefähr noch eine Stunde, dann ging sie total erledigt nach Hause. Irgendwann spätabends kam die Ärztin wieder zu mir ins Zimmer.

„Ich mache die OP nicht!", sagte ich entschlossen, bevor Sie etwas sagen konnte. „Ich habe kein gutes Gefühl dabei und Ihr Kollege sagte, dass die Beschwerden nicht von der Bandscheibe kommen. Ich würde das lieber abwarten wollen, bevor ich eine Entscheidung treffe."

„Das ist Ihr gutes Recht.", antwortete sie. „Ich mache jetzt Feierabend. Morgen wird mein Kollege wieder für Sie da sein."

„Alles klar.", sagte ich. Kurz darauf schlief ich ein und schlief durch, als wäre nichts passiert.

„Morgen! Alles fertig für den OP!", schrie der erste Arzt von gestern, als er die Tür aufmachte und fast ins Zimmer rein rannte. „Ich mache nicht mit, ich möchte nicht operiert werden.", sagte ich daraufhin. „Wie bitte? Hat meine Kollegin Ihnen nicht gesagt, was Sache ist?"

„Doch, sie meinte, dass meine Beschwerden was mit der Bandscheibe zu tun haben. Sie aber haben mir gesagt, dass meine Beschwerden nicht an der Bandscheibe liegen können. Ich bin, wenn ich ehrlich bin, ein bisschen hin und her gerissen... Erstens weiß ich, dass eine Bandscheibenverletzung auch anders behandelt werden kann und dass eine OP als letzte Option benutzt werden sollte. Außerdem glaube ich nicht, dass ich durch eine Vorwölbung eine fast komplette Querschnittlähmung bekomme.", erklärte ich.

„Dann können Sie von mir aus frühstücken.", sagte er sichtlich genervt und verließ mein Zimmer. Ich sah den Arzt und seine Kollegin nie wieder.

Angelika kam später am Nachmittag vorbei und half mir beim Abendessen. Ich fühlte mich aufgrund der Medikamente etwas besser, hatte aber immer noch keine Kontrolle oder richtiges Gefühl in meinen Armen und Beinen. Beim Aufrichten merkte ich, dass ich nicht eigenständig in der Lage war, aufrecht zu sitzen und das Atmen fiel mir immer schwerer, so dass es mir selten gelang, einen Satz zu Ende zu sprechen.
Angelika hatte mein Abendessen in mundgerechte Portionen geschnitten und fütterte mich. Anschließend schob sie mich im Rollstuhl zum Waschraum und wir versuchten, mich zu duschen, was uns erstaunlicherweise ziemlich gut gelang. Danach fuhr sie wieder nach Hause und ich beobachtete eine Weile aus dem Fenster, wie es draußen dunkel wurde, bis ich irgendwann dabei einschlief und wieder die ganze Nacht durchschlief.

Am nächsten Morgen merkte ich sofort den Unterschied zwischen dem ruhigen Wochenend-Feeling im Krankenhaus im Gegensatz zur Wochentags-Hektik. Es war vor allem viel lauter und es liefen viel mehr Menschen herum. Die anderen zwei Betten in meinem Zimmer wurden gegen acht Uhr belegt mit zwei Männern, die entweder am selben Tag oder am Folgetag operiert werden sollten. Der eine zum dritten Mal an der Wirbelsäule und der andere am Knie. Mir kam das Zimmer vor wie ein „Massenabfertigungs-OP-Saal-Vorbereitungszimmer" und ich war heilfroh, dass ich mich gegen eine OP entschieden hatte. Später am Morgen kam ein Arzt ins Zimmer, den ich noch nicht kannte und erklärte mir, dass ich zurück in die Neurologische Abteilung des ursprünglichen Krankenhauses verlegt werden würde. „Das wird allerdings erst morgen passieren, heute bekommen wir das nicht mehr hin." sagte er anschließend. Ich bedankte mich und war froh, aus diesem Krankenhaus weg zu kommen. Das andere Krankenhaus war nur ein paar Minuten Autofahrt von uns entfernt, das passte viel besser.

Krankenhauskaffee

Am Folgetag wurde ich wie versprochen zurück

zum ursprünglichen Krankenhaus verlegt, wo ich nach der Aufnahme in die Neurologische Abteilung untergebracht wurde. Eine Schwester erklärte mir alles über die Mahlzeiten und sonstige wichtige Informationen zum Tagesablauf und fragte, ob ich jemanden hätte, der mir beim Essen und Waschen helfen konnte. Sie war sichtlich beruhigt, als ich sagte, dass meine Freundin täglich vorbeischaut und dass ihre Tochter hier in dem Krankenhaus in der Kantine arbeite. Anschließend sagte sie mir, dass die Ärzte gleich vorbeikommen würden und verließ den Raum.

Ich hatte ein Bild im Kopf wie die Rockband „Die Ärzte" bei mir im Krankenzimmer sitzen und ein ad hoc unplugged Konzert vorspielten und fing an, mir selbst was vorzusingen. „Schau dir den Dieter an…. Er hat sogar ein Auuutooo…"
Dabei nickte ich leicht rhythmisch mit meinem Kopf und machte kleine Bewegungen mit meiner rechten Hand. Ein bisschen wie James Last beim Dirigieren,

viel mehr Bewegung hätte ich sowieso nicht hinbekommen.

Wer übrigens James Last nicht kennt kann sich dieses
Video (https://youtu.be/rskpt3IJHSQ) anschauen, bei
zirka 1:48 Minuten seht ihr mehr oder weniger, was
ich gemacht habe.

Zum zweiten Mal in kurzer Zeit erwischte ich mich,
trotz meines Zustandes, beim Lächeln. Meine ein-
wandfreie James Last Imitation wurde von einem
lauten Klopfen an der Tür unterbrochen und die Ärzte
kamen herein. Also nicht die Rockband, sondern die
Neurologen. Ich bin mir nicht mehr sicher, wie viele
es waren, aber ich glaube fünf oder sechs gezählt zu
haben.

Sie untersuchten mich ordentlich und besprachen
sich über die möglichen Ursachen meiner Querschnittslähmung, dabei wurde ich immer wieder ins
Gespräch mit Fragen und Anamnese einbezogen.
Nach ungefähr einer dreiviertel Stunde wurde die
Entscheidung getroffen, die Entzündungen mit Medikamenten zu behandeln und mich über die folgenden
Wochen komplett auf den Kopf zu stellen, um her-
auszufinden, was das Ganze ausgelöst hatte. Während des Gesprächs kam Angelika vorbei und hörte
die ganze Zeit zu.

Als die Ärzte mein Zimmer verließen, fühlte ich mich das erste Mal seit ein paar Tagen richtig wohl. An dem Abend wurde ich in ein Zweibettzimmer verlegt. Mein Zimmergenosse war ein arbeitsloser Lokführer, der wegen Epilepsie seinen Job hatte aufgeben müssen. Wir verstanden uns auf Anhieb und seine Krankheitsgeschichte, die er mir ausführlich beim Abendessen erklärte, interessierte mich. Ich fand es schlimm, dass er deswegen nicht mehr arbeiten konnte und er tat mir irgendwie ein bisschen leid.

In den kommenden Monaten würde ich eine Menge Menschen mit allen möglichen neurologischen Krankheiten kennenlernen, einige davon würden mir leidtun, einige aber auch nicht.

Die nächsten sieben Tage bekam ich täglich eine Dröhnung Cortison gemischt mit Antibiotika und Schmerzmitteln und tatsächlich ging es mir nach ein paar Tagen etwas besser. Obwohl ich vom Bauchnabel bis hin zu den Oberschenkeln gar nichts mehr spürte, konnte ich meine Arme und Beine wenigstens wieder ein bisschen bewegen und war zuversichtlich, bald wieder alles machen zu können.

Das war das letzte Mal in meinem Leben, wo ich irgendwas von mir selbst erwarten sollte.

Da ich in den Tagen zuvor gemerkt hatte, dass ich mich hin und wieder mal mit meinem falschen Ehrgeiz getäuscht hatte, entschied ich mich, zukünftig keine Erwartungen an mich selbst zu stellen und einfach jeden Tag zu nehmen, wie er auf mich zukam und das Beste daraus zu machen. Diese Entscheidung sollte später meine Lebenseinstellung werden, diese ist allerdings nicht negativ und hat mit Aufgeben nichts zu tun.

Ziele habe ich nach wie vor und ich erreiche eine ganze Menge. Ziele, die ich mir am Anfang meiner Krankheit nie zugetraut hätte, aber es ist so wie es ist, und einige Dinge funktionieren einfach nicht mehr wie früher.
Meine Fähigkeiten - besonders die sportlichen - werden von meinem neurologischen Zustand bestimmt und meine Behinderungen setzen mir die Grenzen, sie sagen mir was möglich ist und was nicht. Ich glaube, wenn man das akzeptiert hat, dann kann man eine Menge erreichen und erlebt viel weniger Frust.

Der Prozess ist ziemlich einfach. Wenn man eine Behinderung hat, muss man andere Wege finden, Dinge zu erledigen und zwar in einer Art und Weise, so dass man nicht mehr behindert ist.

Als ich zum Beispiel von der Reha nach Hause kam, konnte ich immer noch nicht sicher Treppen rauf und runtergehen. Also bin ich wie ein Kleinkind auf dem Po rauf und runtergerutscht.

So war meine „Geh"-Behinderung (auf der Treppe zumindest) nicht mehr existent und ich konnte mich sicher fortbewegen, ohne dass mir jemand dabei helfen musste.

Im Alltag ist es generell etwas komplizierter und die Hindernisse, die das Leben uns in den Weg stellt, sind etwas schwieriger zu meistern, aber auch dafür gibt es eine Lösung.

Diese ist am Anfang dieses Buches im Prolog erklärt. Für diejenigen, die keine Lust haben zurück zu blättern, hier ist er nochmal:

Prolog

Manchmal, wenn du versuchst ein Ziel zu erreichen, stellt dir das Leben Hindernisse in den Weg.
Menschen werden nicht an dich glauben und dir sagen, dass du es nicht schaffen kannst.
Aber Du kannst diese Hindernisse aus dem Weg schaffen und allen zeigen, was du draufhast.
Du wirst aber dafür hart arbeiten müssen, jeden Tag aufstehen und weitermachen, bis du es dann endlich schaffst – so ist das Leben
(Steve Moralee)

So, wo waren wir stehengeblieben? Ach ja in der Neurologie.

Irgendwann, in der ersten Woche, fragte ich eine Krankenschwester, wann die ganzen Untersuchungen losgehen würden und bekam prompt die Antwort „Ja, gleich. Ich bringe einen Rollstuhl vorbei und dann geht's los. Neue MRTs und ein CT vom Gehirn machen wir, dann hast du für heute erstmal Feierabend."

„Alles klar.", sagte ich, richtete mich im Bett auf und bereitete mich seelisch auf meinen Ausflug vor. Mein erster Ausflug entpuppte sich als abenteuerliche Katastrophe. Die Schwester und ihre männliche Unterstützung, den ich nur als „Kerl wie ein Baum" bezeichnen kann, brauchten mehrere Minuten, um mich in den Rollstuhl zu bekommen.
Komisch, dachte ich, als ich endlich auf meinem neuen fahrbaren Untersatz saß. Bei Emergency Room im Fernsehen geht das alles viel flotter, und auch ohne zu fluchen...
Dasselbe Spiel beim MRT und CT und mich anschließend wieder ins Bett zu bringen. Dies reichte mir auch für den Rest des Tages und für mich war in der Tat Feierabend.

Nachmittags um zwei Uhr gab es immer eine Tasse Kaffee und als ich es mir wieder im Zimmer bequem gemacht hatte, war ich entsetzt, zu merken, dass mein Kaffee schon kalt war.

„Kaffee" ist natürlich ein dehnbarer Begriff, denn das, was man hier serviert bekam, sah ein bisschen aus wie eine Probe aus dem „Gelben Fluss" in China… davon mal ganz abgesehen, hätte eine Probe Gelben Flusses höchstwahrscheinlich besser geschmeckt. Ich stufte das Ganze als Notfall ein und klingelte nach der Schwester.

Es dauerte ein paar Minuten, dann kam sie herein und als ich sie darüber informierte, dass mein Kaffee kalt war, bekam ich erstmal Ärger. Ich sollte diese Klingel wirklich nur im Notfall benutzen! Trotzdem holte sie mir einen frischen Kaffee und ich bedankte mich herzlich.

„Gibt es hier auch eine andere Möglichkeit, Kaffee zu bekommen, außer beim Frühstück und um vierzehn Uhr?", fragte ich. „Nein, das dürfen wir nicht mehr.", antwortete sie. „Es gibt aber am Ende des Flurs einen Wagen. Dort füllen wir alle paar Stunden eine Kanne mit heißem Wasser und eine mit Kaffee auf, da kann man sich bedienen, aber wir dürfen ihn nicht zu dir bringen". „Ah ok.", sagte ich daraufhin.

Ich lehnte mich zurück und dachte nach. „Unser Zimmer ist das zweitletzte, oder?", fragte ich meinen Zimmergenossen. „Jau, das stimmt.", sagte er, noch ein Zimmer und dann ist der Flur zu Ende, aber das Fenster hat auch ein Gitter. Wenn du also rausspringen willst, musst du dir eine andere Möglichkeit suchen."

Ich wusste nicht wirklich, was er meinte. Dann sah ich, wie unsere beiden Zimmerfenster von außen mit einem Gitter versehen waren, die das rausspringen unmöglich gemacht hätten. Nicht dass ich das wollte, und selbst wenn, wäre ich eh nicht in der Lage dazu gewesen. Ich schaute meinen Zimmergenossen lächelnd mit erhobenen Augenbrauen in bester Mister Bean Imitations-Miene an und zeigte mit meiner rechten Hand auf mein gelähmtes Becken. Er lächelte ebenfalls und ich lehnte mich im Bett zurück. Meine Augen fielen vor Müdigkeit zu.

Ich fing an sofort zu träumen…. Im Krankenzimmer war eine Art Pool-Kaffeebar, an der es alle möglichen Kaffeesorten gab und hübsche, oben ohne Krankenschwestern, die ständig wegen Nachschub fragten und mich freundlich bedienten…. also mit Kaffee, ist klar ne?

Es klopfte an der Tür und die Schwester brachte mir noch einen frischen Kaffee. „Hier eine Tasse extra für dich aus der Kanne am Ende des Flurs.

Aber das ist das erste und letzte Mal.", sagte sie, als sie vergeblich mit dem rechten Auge versuchte, mehrmals zu zwinkern.

„Lass das mal mit dem Auge untersuchen…, könnte etwas Neurologisches sein.", sagte ich lächelnd, als sie den frisch dampfenden Kaffee vor mir platzierte. Ja siehst du! Träume werden also doch wahr, dachte ich, als ich an meinem Kaffee schlurfte.

Ich beobachtete sie beim Verlassen des Zimmers und verglich sie mit den Schwestern aus meinem Traum. Naja, Träume und Wirklichkeit sollte man wegen drohenden Enttäuschens strikt trennen, dachte ich, und versuchte, meinen Kaffee so gut es ging zu genießen.

Danach überlegte ich mir, wie es weitergehen sollte. Ich musste einen Weg finden, ab und zu mal einen gescheiten Kaffee zu bekommen und hatte mich nach kurzer Überlegung entschieden. „Was nicht zu mir kommt - muss ich eben holen!" sagte ich laut zu mir selbst.

Mein Zimmergenosse riss seine Kopfhörer runter und schob seinen Fernseher, der auf eine Art Roboterarm vor seinem Bett hing, zur Seite und schaute mich fragend an. Ich hatte ihn mit meinem Spruch geweckt.

„Boah, ich hab schon wieder Nacken.", sagte er.
„Echt, wieso?"

„Diesen blöden Roboterarm kann man nie so hinbekommen, dass die Glotze mittig ist. Ich muss ihn immer leicht zu einer Seite neigen beim Fernsehen." antwortete er. „Kommste hier rein wegen ein bisschen Dusseligkeit inne Birne, gehste raus mit Bandscheibe.", fuhr er fort in perfektem Ruhrpottdialekt. „Was willste eigentlich?", fragte er.

„Ach Verzeihung, ich hab's vergessen.", sagte ich. Ich hatte es nicht vergessen, das war gelogen, aber ich wollte ihn nicht weiter stören. Ich lehnte mich wieder zurück und setzte mir das Ziel, mich innerhalb der nächsten Tage selber mit Kaffee versorgen zu können und begann, einen Plan zu erstellen.

Am nächsten Morgen konnte ich mich selbständig im Bett aufrichten und bei der Visite fragte ich direkt, ob ich einen Rollator bekommen konnte. „Das dürfte kein Problem sein.", sagte die Ärztin. „Jede Bewegung tut gut."

Später am selben Morgen bekam ich meinen Rollator, den ich von meiner Bettkante aus erstmal mit meinem rechten Arm ein bisschen hin und her schob. Die Bremse anzuziehen war ein Kraftakt, aber das bekam ich gerade so hin.

Nach einer Weile üben mit einem Arm, saß ich auf meiner Bettkannte und versuchte, mit meinem linken Arm an den Rollator Griff zu kommen, aber es klappte noch nicht. Mit etwas Schwung und mit Hilfe des rechten Armes, der etwas besser funktionierte, schaffte ich es. Jetzt hatte ich den Rollator fest im Griff. Naja, das Wort „fest" ist wie „Kaffee" zum Glück auch ein dehnbarer Begriff. Mit der Rechten zwar einigermaßen fest und die Linke machte passiv mit, aber es klappte.

Ich schob den Rollator ungefähr zehn Zentimeter nach vorne, das ging ziemlich einfach, aber das Zurückziehen war viel schwieriger und ich musste kämpfen, um mein Gleichgewicht nicht zu verlieren und nach vorne von der Bettkante zu fallen. Ich übte so oft und lang wie es ging, zwischen den Belastungsphasen legte ich mich zurück und ließ meinen Körper regenerieren.

Am nächsten Tag nahm ich mir vor, das Ganze im Stehen zu versuchen und fing direkt nach dem Frühstück damit an. Erstmal an der Bettkannte sitzen, hin und her schieben, wieder Pause, dann wieder schieben. Irgendwann habe ich dann versucht, aufzustehen. Habe die Rollator Bremse angezogen und rutschte von der Bettkante. „Boah ich kann stehen!", sagte ich. Im Zimmer war aber keiner da, der andere war unterwegs.

Ich löste die Bremse und schob den Rollator von mir weg, das Zurückziehen war viel schwieriger, aber ich hatte das im Sitzen viel geübt, war darauf vorbereitet und bekam es gut hin. Ich nahm mir zehn Wiederholungen vor. Während ich dabei war, klopfte es an der Tür und zwei von den Ärzten und eine Schwester kamen herein zur Visite.

Ein Arzt, der ca. zwei Meter groß war, schaute mich mit gehobenen Augenbrauen an. „Super!", sagte er. „Weiter so!"
„Sag mir was ich machen muss …. um gesund …. zu werden Doc …. und ich mache es.", antworte ich ihm. Ich musste den Satz immer wieder unterbrechen, um Luft zu holen, durch meine Lähmungen im Becken und Core Bereich bekam ich schlecht Luft.
„Diese Lähmung …. im Core…. haut mich …. um.", sagte ich anschließend. Er nickte, versprach mir einen Physiotherapeuten und einen Ergotherapeuten zu schicken und lobte mich wegen meines Fortschritts. „Wir machen weiter mit den Untersuchungen.", sagte er. „Wir haben mehrere Stellen im Gehirn gefunden, die ordentlich entzündet sind und ein paar Hirnschäden, die etwas älter sind. Dazu ist dein Rückenmark ordentlich entzündet, an der kompletten Halswirbelsäule entlang. Also nicht übertreiben, aber Bewegung ist gut für dich." „Zu Befehl!", sagte ich.

Ich hatte ihnen während des Aufnahmegespräches erzählt, dass ich früher bei der Armee war und dort Hochleistungssport gemacht hatte. „Weitermachen!", sagte er lächelnd. „Da kannst du Cortison drauf nehmen.", antworte ich. Er lachte, drehte die Augen und verließ kopfschüttelnd den Raum. Ich übte noch eine Weile weiter und irgendwann kam mein Zimmergenosse zurück.

„Wow, ganz schön flott Du.", sagte er. „Ich hole .... mir gleich einen .... Kaffee.", sagte ich. Dabei war mir der Rollator etwas zu weit nach vorne gerutscht und ich hatte keine Kraft mehr ihn zurückzuziehen. Ich zog die Bremse an und versuchte Luft zu holen. Ein paar Minuten später versuchte ich es erneut, nur um noch weiter mit dem Rollator nach vorne zu rutschen und ich in einer Art Rollator Plank feststeckte. Irgendwie hielt ich mich mit meinem rechten Arm am Bett fest, aber verlor mein Gleichgewicht und spürte wie mein Körper nach links wegkippte. „Scheißeeeee!", sagte ich, als ich merkte, dass ich fallen würde. Zum Glück hatte mein Zimmerkollege mich gerade so noch auffangen können und schubste mich in Richtung Bett, wo ich mich erstmal sicher fallen ließ. „Dafür schuldest du mir einen Cappuccino.", sagte er. „Ich wollte eh.... gleich in die Kantine ...., dann bringe ich .... dir einen mit." „Das wage ich zu bezweifeln.", sagte er lächelnd.

Ich schaute ihn in der Art und Weise an, wie ich früher als Langläufer meine Gegner im Startbereich angeschaut hatte. In diesem Bereich und während des Rennens gab es keine Freunde mehr … Fressen oder gefressen werden. Und wer Schwäche zeigte, wurde brutal vernichtet, so waren die Regeln.

Vor dem Start hatte man vielleicht Smalltalk geplaudert, alte Bekannte und Rivalen schon mal die Hand geschüttelt oder ein freundliches Klopfen auf die Schultern; aber im Startbereich vor einem Rennen fingen die Psychospielchen an, die ich damals geliebt habe.

Ich glaube, ich habe ihn erstmal eine halbe Minute angestarrt. Dann setzte ich mich an die Bettkannte, zog die Rollator Bremse an und stand wieder auf. Bremse gelöst, zehn Zentimeter nach vorne und mit meinen Füßen nach und nach nach vorne gerutscht, bis ich wieder hinter dem Rollator stand. Das machte ich drei Mal und anschließend bewegte ich mich in der gleichen Art und Weise rückwärts wieder zum Bett. Ich legte mich erschöpft zurück.

„Ich… …………hole dir……….. deinen scheiß…….Latte.", sagte ich zwischen den Atemzügen.

„Cappuccino.", antwortete er. „Aber ganz ehrlich. Super Leistung und du hast mir aber mit deinem Blick gerade Angst gemacht, hatte richtige Gänsehaut.", fügte er noch hinzu. Ich schaute ihm nochmal lächelnd in die Augen. „Ich weiß.", sagte ich.

Von diesem Moment an wusste ich, dass ich es schaffen würde, wieder auf die Beine zu kommen. In den kommenden Monaten würde ich mehrmals täglich an meine absolute Grenze kommen, würde tausend Mal scheitern, um die kleinsten Erfolgserlebnisse zu bekommen und würde jeden Abend völlig erschöpft ins Bett fallen. Aber ich wusste, dass ich es noch draufhatte; wusste, dass ich in der Lage war, dieses Gefühl aufzurufen, das viel mächtiger ist als aller Hass, alle Liebe, Enttäuschung und Freude, die man im Leben erlebt hat, zusammengenommen.

Ich wusste, dass ich das Gefühl wieder brauchen würde, welches ich als Hochleistungssportler mehrmals missbraucht hatte, um meine Ziele zu erreichen; um meinen Körper weiter zu quälen, obwohl er zu nichts mehr in der Lage war.

Das Gefühl …. „die Angst zu verlieren", würde am Ende des Tages einen Sieger aus mir machen.

Der erste Schnee

Mein Krankenhausaufenthalt dauerte knapp drei Wochen und ich arbeitete täglich um meinen angeschlagenen Körper wieder fit zu bekommen. Ich hatte es tatsächlich geschafft, mich selbständig mit Kaffee zu versorgen, der sich zwar wie versprochen am Ende des Flurs befand, allerdings nicht an dem Ende, wo sich unsere Zimmer befanden, sondern am anderen Ende; zirka fünfzig Meter weiter entfernt.

Es dauerte also ein paar Tage länger, aber das Ziel einen gescheiten Kaffee zu bekommen, motivierte mich immer wieder neu und in den letzten Tagen war ich sogar in der Lage, selbständig in die Kantine im Erdgeschoss zu gehen und Angelikas Tochter Lisa zu besuchen und mir dort einen leckeren Cappuccino zu trinken.

Es gab viel zu lachen, interessante Gespräche mit anderen Patienten, aber auch viele Tränen.

Nach einer Woche Krankenhaus wurde mir erstmal klar, was mit mir passiert war und Gespräche mit Angelika waren zum großen Teil zum Thema Schwerbehinderung und Pflege. Gespräche, die mir nicht wirklich gefielen, aber notwendig waren.

Ich kann mich an einen sehr besonderen Moment erinnern, als sie mich abends saubermachte. Ich beobachtete sie dabei und war, wie immer so beeindruckt, zu erleben, was sie alles für mich tat ohne dabei nach zu denken, wie es ihr dabei ging. Es war für sie selbstverständlich und ich war mir sicher, sie würde alles für mich tun.

In diesem Moment flossen mir die Tränen, nicht, weil ich kaum in der Lage war, mich selbst zu waschen oder die einfachsten Dinge zu erledigen. Dinge, bei denen ich auf sie angewiesen war. Ich hatte kein Selbstmitleid, das ist nicht mein Stil. Ich war einfach froh und glücklich, diesen wundervollen Menschen an meiner Seite zu haben und erklärte ihr, dass es Glückstränen seien.

Ich habe, glaube ich, für eine ganze Woche danach fast nur geweint. Ich weinte, weil der Kaffee so weit weg war, weil er so gut schmeckte, weil alle so nett zu mir waren, weil ich mich nicht richtig bewegen konnte und über jeden kleinen Fortschritt, den ich machte, habe gebrüllt wie ein Baby, das seinen Schnuller verloren hatte.

Ich habe übrigens als Baby immer meinen Schnuller weggeschmissen. Wahrscheinlich hatte ich gemerkt, dass ich damit keine Energie meinem Körper zuführen konnte und das Ganze als sinnlos abgebrochen. Als ich merkte, dass das Weinen nicht wirklich was bringt, brach ich auch das als sinnlos ab und konzentrierte mich mehr auf meine Aufgabe „wieder auf die Beine zu kommen".

Die Ergebnisse meiner Untersuchungen waren eher unbefriedigend. Ich habe eine Gehirn- und Rückenmarksentzündung erlitten - ohne erkennbare Ursachen. Die Nervengleitgeschwindigkeit zum rechten Arm und linken Bein waren verlangsamt, was auf Schäden zum Ersten Motoneuron andeutete.
Eine andere Untersuchung deutete auf einen Hinter-Strang-Schaden in der Wirbelsäule hin. Außerdem hatte ich die ersten Zeichen eines Rückenmarkschadens im Halswirbelbereich, der wahrscheinlich wegen der akuten Entzündung zu Stande gekommen war.
Weiterhin gab es auch ältere Hirnschäden, die nicht zum akuten Krankheitsbild gehörten, aber auch nicht zu erklären waren.
Also einiges war auf jeden Fall im Busch, aber wichtig war, dass die Entzündungen weg zu gehen schienen und dass ich mich nicht mehr in akuter Lebensgefahr befand.
So habe ich das Ganze letztendlich als halbwegs positiv betrachten können.

Ich hatte mich entschieden, nach dem Krankenhausaufenthalt direkt mit einer stationären Reha anzufan-
gen. Eine kurze Zeit zu Hause zwischen dem Krankenhausaufenthalt und der Reha hatte mit Erholung
nichts zu tun gehabt und es war besser für Angelika,
ein bisschen zur Ruhe zu kommen.

Mitte November war es dann soweit.
Ich bekam einen Reha-Platz in Hilchenbach im Sieger-
land, was ungefähr neunzig Minuten Autofahrt von
uns entfernt war. Dadurch konnte mich Angelika mal
an den Wochenenden besuchen kommen. Ich wurde
von einem jungen Mann mit struppigen Haaren abgeholt, der so aussah, als ob er in seinen Klamotten
schlafen und morgens einfach aus dem Bett springen
und arbeiten gehen würde.
Naja, er soll nicht gut aussehen, er soll mich nach
Hilchenbach bringen, dachte ich, und erinnerte mich
an meinen ersten Langlauftrainer Paul Nigg aus Pont-
resina in der Nähe von St Moritz. Er hatte auch gerne
solche Sprüche wie „Es soll nicht gut aussehen, es soll
funktionieren." oder „Es soll nicht schmecken, es soll
deinen Bedarf decken." während des Trainings von
sich gegeben. Dass ich mein Leben lang an seine kleinen Sprüche und Anekdoten hängen würde, hätte ich
damals nicht gedacht.

Öfters hatten meine Teamkollegen und ich uns hinter seinem Rücken gegenseitig den Vogel gezeigt oder eine Hand vor dem Gesicht hin und her bewegt, wenn er solche Dinge sagte. Der junge Mann war aber gut und brachte mich sicher und schnell nach Hilchenbach. Also war es egal wie er aussah und Paul Nigg hatte, wie so oft im Leben, wieder vollkommen Recht. Ich schämte mich in diesem Moment für das ganzen „Vogelzeigen" und die schnellen Handbewegungen vor meinem Gesicht. Er war letztendlich ein sehr cleverer Man, hatte einen klassischen Langlaufstil, den ich nur als wunderschön bezeichnen konnte und war auch in den Sommermonaten als Bergführer ausgebucht. Er war sogar Entdecker der Oberflächenreifbildung, die ein Gefahrenmuster für Lawinen darstellt. Über den sogenannten „Nigg-Effekt" kann man im Internet lesen. Ich empfinde nach wie vor sehr großen Respekt für diesen Mann.

Der Fahrer parkte direkt vor dem Haupteingang der Celenus Klinik für Neurologie und holte für mich einen Rollator, packte meine Taschen auf einen Wagen und wir rollten zusammen durch eine Art automatische Türschleuse, die mich an die Eingänge von großen Kaufhäusern erinnerte. Und auf einmal waren wir drin, in meinem neuen Zuhause.
Die Empfangsdame sagte mir, dass ich gleich abgeholt werden würde und zeigte mir, wo ich mich hin-

setzen konnte. Ich hatte es mir gerade erst bequem gemacht als eine kleine rundliche Frau auf mich zu kam und mich in einem osteuropäischen Dialekt fragte, ob ich Stephen sei. „Ja das bin ich.", antworte ich. Sie nahm meinen Taschenwagen und schob ihn vor ihrem Oberkörper ein paar Mal hin und her wie ein Bobfahrer am Start. Sie schaute mich an, lächelte und sagte: „Wenn Sie nicht mitkommen wollen junger Mann, dann gehe ich alleine." Und lachte herzlich. Ich war mir nicht sicher, ob sie versuchte, lustig zu sein oder nicht und entschied mich, einfach freundlich zu lächeln, um Missverständnisse zu vermeiden. Sie entpuppte sich als eine sehr freundliche, kleine, rundliche Dame, die eigentlich immer lustig war, zumindest hatte sie es immer versucht, aber ab und zu während meines Aufenthaltes hatte ich mich kopfkratzend gefragt, was zum Teufel sie gerade meinte. Wie am Morgen danach, als sie mir sagte, dass sie nachmittags meinen Blutzucker messen würde mit dem anschließenden Kommentar: „Wenn du Bock auf eine Insulinspritze hast, dann esse vorher eine Tüte Bonbons." und versuchte mir dabei an die Schulter zu klopfen, traf stattdessen aber mein Gesicht. „Boah, da kriege ich bestimmt ein blaues Auge.", sagte ich lächelnd.

„Ist nicht schlimm, hier sind genug Ärzte, die haben zwar alle keine Ahnung, aber besser als gar nichts."

sagte sie. Ich schaute sie entsetzt an. „War doch ein Scherz oder?", fragte ich.

Sie lächelte und klopfte mich nochmal, diesmal traf sie meine rechte Schulter aber gut. „Vierzehn Uhr ist Blutzucker messen… nicht vergessen.", sagte sie.

Ich überlegte, ob sie wirklich immer lächelte oder ob ihr Gesicht einfach immer so war. In Grunde genommen war es egal warum, ich mochte Sie.

Später beim Mittagessen merkte ich erst, was Sie mit den Bonbons gemeint hatte und bekam aus dem Nichts heraus einen Lachkrampf. Im ersten Moment war mir das peinlich, merkte aber schnell, dass es keinem aufgefallen war, was mich zuerst sehr wunderte. Dann aber dachte ich, naja, ich bin jetzt in einer Klinik für Neurologie, vielleicht ist ein spontaner Lachkrampf normal. Und damit bekam ich einen zweiten Lachkrampf. Einer meiner Tischkameraden fragte: „Ok, was ist denn so lustig? Willst du den Witz nicht mit uns teilen?"

Als ich denen erzählte, was ich so lustig fand, schaute er mich entsetzt für eine Weile an und fragte dann: „Und….. bist du schön satt geworden?". Dabei zeigte er mit beiden Zeigefingern und Daumen auf meine leeren Teller in einer „Billy the Kid - in jeder Hand einen Colt - Pose". Ohne auf eine Antwort zu warten stand er auf und verließ den Speisesaal, als ob er meine Lachkrämpfe überhaupt nicht mitbekommen hätte. Naja, dass könnte hier interessant werden, dachte ich.

Es war in der Tat sehr interessant, eine ganze Menge Leute mit allen möglichen Krankheiten von Parkinson, Alzheimer, Schlaganfällen bis hin zu Schädel-Hirn-Traumata, MS, ADEM und was weiß ich nicht alles waren hier. Eines hatten wir aber alle gemeinsam; den Fakt, dass wir eigentlich nicht vorhatten, hier in Hilchenbach zu sein.

Die ersten Tage waren vollgepackt mit Arzt-Terminen, Kennenlernen-Terminen mit den Physiotherapeuten und Ergotherapeuten und Info-Veranstaltungen, die über alle möglichen Dinge, die vielleicht später im Leben wichtig werden könnten oder auch nicht, aufklärten.

Die Gruppen-Ernährungsberatung hatte mir sehr gefallen. Die junge Ernährungsberaterin hatte ich extra mit jede Menge Fragen bombardiert und einiges, was sie erzählte, in Frage gestellt, um zu erfahren, ob sie wirklich wusste, wovon Sie spricht. Ich dachte, sie würde mich hassen, aber sie kam nach der Veranstaltung zu mir und sagte, dass es ihr mehr Spaß machte, sich mit jemandem wie mir auszutauschen, als einfach immer wieder dasselbe erzählen zu müssen. Davon abgesehen hatte sie wirklich Ahnung, was mich auch freute.

Nach diesen ersten Tagen ging es los mit meiner Behandlung. Ich fühlte mich gut und kam im Krankenhaus, mehr oder weniger gut, mit dem Rollator voran. Mein Ziel hier in Hilchenbach war so viel wie möglich zu erreichen und später zu Hause darauf aufzubauen. Ich hatte beim Kennenlernen-Gespräch erwähnt, das ich früher Sportler war und dass ich bald wieder zumindest Nordic Walking machen können wollte. Bei meinem ersten Physiotherapie-Termin war ich voll motiviert und es konnte für mich nicht früh genug losgehen.

Ich wurde aufgerufen und machte mich auf den Weg in eine kleine Turnhalle, die ein bisschen wie die Gerätefläche eines Fitnessstudios aufgebaut war. Cardiogeräte, einige spezielle Laufbänder und Kraftgeräte waren alle voll in Bewegung. Eine Gruppe Menschen war dabei, mit einer Slackline, ihr Gleichgewicht zu trainieren und eine Gruppe machte Yoga.
Ich lächelte und freute mich innerlich; ich wollte allen zeigen was ich draufhabe.

Meine Physiotherapeutin wollte erstmal sehen, in wieweit ich mich frei bewegen konnte und für das erste Mal - seit zirka drei Wochen - würde ich mich ohne Hilfsmittel bewegen. Sie nahm meinen linken Arm und ihr Kollege meinen rechten und dann schob sie meinen Rollator zu Seite. „Wir machen einfach ein paar Schritte. Wenn du genug hast, sagst du Bescheid, dann machen wir Pause, OK?" „Ok!", sagte ich.

Ich rutschte mit meinem linken Fuß ein paar Zentimeter nach vorne und merkte, dass ich mich dafür an den Beiden festhalten musste. Naja, ist das erste Mal, dachte ich und versuchte meinen rechten Fuß nach vorne zu rutschen, was leider nicht ganz so erfolgreich war. „Versuche die Füße ein bisschen hochzuheben, wie richtig laufen.", sagte sie.

Ich hob meinen linken Fuß und merkte sofort, dass ich nach hinten fiel. Normalerweise hätte ich mich auffangen können, aber ich war wie einbetoniert. Es ging gar nichts und ohne die beiden Therapeuten wäre ich gefallen. „Versuch es mit dem anderen Fuß.", sagte der Kollege. Dieser Versuch scheiterte genauso.

Ich schaute zu den anderen, die alle fleißig trainierten und habe mich zum ersten Mal für meinen Zustand geschämt. Ich wollte es trotzdem nochmal versuchen. Nach zwei weiteren gescheiterten Versuchen entschieden wir, dass es für heute genug war und ich machte mich langsam auf den Weg in mein Zimmer. Im Eingangsbereich war eine Kantine und ich setze mich dort hin, um Pause zu machen. Ich bestellte mir einen Cappuccino und genoss die Ruhe. Kurz darauf kam meine Physiotherapeutin zu mir. „Darf ich mich zu dir setzen"? „Klar, willst du was, haben ich gebe ein aus.", antwortete ich.

„Ne, alles gut" sagte sie. Sie beobachtete, wie ich vergeblich versuchte, die kleinen Papierzuckerbeutel aufzumachen und nach gefühlten fünf Minuten gab sie mir eine kleine Dose mit Zuckerwürfeln. „Hier. Ist einfacher.", sagte sie. Ich wollte es aber nicht einfach haben. Ich wollte meinem Körper Herausforderungen stellen, sodass er sich verbessern musste, sich meinen Anforderungen anzupassen, zu gehorchen, das zu tun was ich will und nicht anders herum, so wie früher. Ich war frustriert.

Ich erzählte ihr, wie ich früher Skilangläufer war und wie man früher trainiert und Rennen bestritten hatte und dass wir zu viel mehr fähig sind, als wir es uns überhaupt vorstellen können. „Stephen." Sie schaute mich besorgt und ernst mit feuchten Augen an. Ich schaute weg, wollte dieses emotionale Zeug nicht hören. Sie wartete geduldig, bis ich Sie wieder anschaute. „Stephen, du bist krank. Nicht nur ein bisschen krank. Das, was dir da passiert ist, war kein Kindergeburtstag, verstehst du? Du hast Hirnschäden, die nicht mehr weggehen und dein Rückenmark ist kaputt." Sie erklärte mir, wie die Signale vom Gehirn in die Füße geleitet werden und von den Füßen wieder zurück und wie Verletzungen im Rückenmark das alles beeinflussen. „Was ist mit den ganzen Leuten, die einen Schlaganfall hatten und die irgendwann wieder alles können. Die haben es geschafft, ich kann das auch!", sagte ich mit hektischer Stimme.

„Du kannst eine Menge schaffen, eine ganze Menge Stephen, aber du darfst deinen Körper nicht zwingen wie früher. Du hast so einen starken Lebenswillen und in deiner Nähe spürt man, dass du eine Energie in dir hast die - wie soll ich sagen - sehr motivierend ist." Sie erzählte mir, wie ihr Kollege sie kurz nach meinem Gehversuch fragte, ob sie ebenfalls meine Energie bemerkt hätte. Sie hatte es in der Tat auch gespürt und kam extra deswegen zu mir an den Tisch.

„Menschen wie du Stephen, sind der Grund, warum ich diesen Beruf gewählt habe. Es gibt tausende, die aufgeben, die zu viel mehr fähig sind, aber es nicht mehr wollen. Es macht keinen Spaß mit solchen Menschen zu arbeiten, aber dein Wille und Ehrgeiz zeigt mir, dass es richtig war, Physiotherapeutin zu werden.", sagte sie.
„Du musst aber lernen, dass dein Körper ab jetzt das Sagen hat. Du musst lernen, wie weit du gehen kannst, auf deinen Körper hören und fühlen, was für dich gut ist oder nicht. Einfach trainieren und deinen Körper dazu zwingen, sich anzupassen, wird nicht mehr funktionieren wie früher." Vielleicht erwartete

sie, dass ich in Tränen ausbrechen würde und war sichtlich überrascht, als ich nüchtern fragte: „Ok, was setze ich mir für Ziele und was ist der Plan?" Sie lächelte. „Das besprechen wir morgen, ok?" „Okay!", sagte ich.

Sie hatte Recht, ich musste mich neu sammeln, herausfinden, wozu ich überhaupt fähig bin und mir neue „machbare" Ziele setzen, und dem entsprechend realistisch planen. Nur so machte es Sinn.

Ich schob meinen Rollator langsam vor mich hin und beobachtete dabei meine Füße.

Ich merkte, dass es schwieriger für mich war zu gehen, wenn ich meine Füße nicht anschaute. Wenn ich versuchte zu gehen und gleichzeitig ein Bild an der Wand betrachtete oder aus einem Fenster sah, ging das nicht. „Jetzt ist mir das klar.", sagte ich laut. Bis jetzt, wenn ich irgendwo unterwegs war und mir was anschauen wollte, bin ich stehen geblieben. Nicht, weil ich mir Zeit lassen wollte. Nein, weil ich meine Füße nicht mehr angeschaut hatte und irgendwie im Hinterkopf - zumindest was davon noch heil war - wusste, dass ich nur laufen kann, wenn ich meine Füße anschaute.

In der Turnhalle habe ich nach vorne gesehen und dachte, wenn zwei Leute meine Arme halten, würde es funktionieren. Aber es war mir nicht gelungen. Im Krankenhaus war ich öfters fast gestürzt, weil ich nach Links und Rechts während des Gehens geschaut hatte und nicht mehr nach unten. Ich übte noch ein bisschen Gehen mit dem Rollator und Geradeaus schauen und dann das selbe mit Runterschauen und merkte deutlich den Unterschied.

Ich nahm mir vor, dies der Physiotherapeutin zu sagen und übte den Rest des Tages, meinen Körper bei sämtlichen Bewegungen zu beobachten und merkte, dass ich damit viel besser zurechtkam.

Später am selben Tag berichtete ich dem Stationsarzt, einem jungen aus Afghanistan stammenden Mann, meine Entdeckung. Er erklärte mir in aller Ruhe, wie unsere Motorik funktioniert, dass es ein sehr fein abgestimmtes automatisches System ist und dass meine Hirnschäden unter anderem dieses System teilweise stören. Dass man schon mit Augenkontakt einige Bewegungen hinbekommt, aber dass man immer genau den Körperteil anschauen müsste, der bewegt werden sollte. Dies würde kompliziertere Dinge trotzdem sehr anstrengend machen, aber machbar wären sie auf jeden Fall, auch einige Alltagsaufgaben wären so gut zu erledigen.

Langsam fing ich an, meine Krankheit zu verstehen. Es war nicht wie ein gebrochenes Bein, das irgendwann wieder abheilt oder ein klassischer MS-Schub, bei dem sich die Beschwerden, wenn man ihn schnell genug mit Medikamenten behandelt, wieder in den Griff bekommt. Bei mir war das anders. Das, was kaputt war, war kaputt. Einige Fähigkeiten würden nicht wiederkommen und ich musste neue Wege finden, die einfachsten Dinge im Leben zu erledigen. Mich gegebenenfalls Hilfsmitteln oder fremder Hilfe bedienen, um meine Aufgaben zu erledigen, so dass es für mich nicht gefährlich werden würde.

Ich überlegte, wie die einfachsten Sachen, wie z. B. durch eine Fußgängerzone voller Menschen zu gehen und in die Schaufenster zu gucken, eigentlich auf ein System angewiesen waren, das sehr hochsensibel, kompliziert und völlig automatisch funktionierte. Und dass Sportarten wie Skilanglauf oder Radsport, die ich für selbstverständlich hielt, enorm hohe Anforderungen an diese Fähigkeiten abrufen.

Ich schaute aus meinem Zimmerfenster und beobachtete, wie die ersten Schneeflocken des Jahres fielen, einige schossen nach unten, als ob sie es eilig hätten. „Kommt schnell runter, Jungs. Sonst bleiben wir nicht liegen.", hörte ich eine zur anderen sagen. Die eine oder andere Flocke flog in meine Richtung, nur um kurz vor meinem Zimmerfenster wieder umzudrehen und mit den anderen nach unten zu eilen, als ob sie mich kurz begrüßen wollten, bevor sie weiterziehen. Ich habe, wie man es vielleicht schon gemerkt hat, eine ganz besondere Verbindung zur Natur - insbesondere zu Schnee. Meistens fing ich kurz nach dem ersten Schnee des Jahres an von Skilanglauf zu träumen.

Keine Tagträume oder Wunschgedanken, sondern nachts ……… richtige Träume.

Träume

Bayern 1983

Ich habe schon mal gelesen, dass wir immer träumen, wenn wir schlafen, bekommen es nur nicht immer mit bzw. können uns nur nicht richtig daran erinnern. Vielleicht ist es normal, aber ich habe bei mir gemerkt, dass es Phasen gibt, wo ich mich gut an meine Träume erinnern kann und es andere Phasen gibt, da schlafe ich durch, ohne was mit bekommen zu haben. Von November bis kurz vor Weinachten 2017 habe ich während meines Reha-Aufenthaltes so eine Traumphase gehabt.

Wahrscheinlich, weil in dieser Zeit vieles passiert ist, vor allem kam der erste Schnee. Ich habe den Winter immer geliebt und kann mich an schöne Erlebnisse aus meiner Kindheit und Jugend erinnern. Einmal saß ich am Wohnzimmerfenster und habe die Vögel im Schnee beobachtet, die das von meiner Mutter und mir verstreute Futter gefressen haben.

Wir hatten schulfrei, weil unser Schulbus im Schnee stecken geblieben war; sind Schlitten gefahren, machten Schneeballschlachten und wir hatten einen schneeweißen nach Tannen und Schokolade riechenden Tag. Als Teenager und junger Mann habe ich sehr intensive Erlebnisse und Erinnerungen an den Winter gehabt. Ein Schlüsselerlebnis war mein erstes Mal - also nicht was ihr meint - sondern mein erstes Mal auf Langlaufskier.

Es war im Dezember 1983 in der Nähe von Nesselwang in Bayern. Wir haben am Abend vorher beigebracht bekommen, wie man die Skier mit Lauf- und Gleitwachs vorbereitet und haben ein paar alte Filme über Skilanglauf angeschaut. Am nächsten Morgen nach dem Frühstück sind wir rausgegangen, um uns erst mal an unsere neuen zwei Meter „Schlappen" zu gewöhnen.
Ein Kollege rutschte beim Anschnallen der Schuhe in die Bindungen nach hinten, saß auf seinen Skiern und kam nicht mehr hoch. Ein anderer versuchte, sich vergeblich an den Skistöcken festzuhalten und machte eine Art Langlauf Plank, ähnlich wie meine Rollator Plank im Krankenhaus, nur um irgendwann schreiend nach links in den Tiefschnee zu plumpsen.

Ich stand mit meinen Stöcken links und rechts vom Körper und wartete auf die Befehle unseres Skilehrers. „Ja, Skier anschnallen!", sagte er. „Err, habe ich doch schon.", sagte ich, und hob meinen rechten Fuß hoch, so dass mein Ski aufrecht vor mir stand und ich dem Lehrer die untere Seite meines Skis zeigen konnte. „Sie sind auch schon ordentlich gewachst.", fügte ich angeberisch hinzu. Ich stellte meinen Fuß wieder auf den Boden. „Nochmal.", sagte er. „Wie nochmal?", fragte ich. „Mach das bitte nochmal." Also hob ich meinen Fuß wieder und zeigte ihm meinen rechten Ski von unten. Das gleiche wollte er auch mit links sehen, bevor er anschließend nickte und sagte: „Gleichgewicht hast du auf jeden Fall." Er zeigte uns, wie das mit dem Langlauf funktioniert und während andere herumspielten und versuchten, sich gegenseitig umzuschmeißen, konzentrierte ich mich voll auf den Lehrer. Ich wollte das lernen, es faszinierte mich und ich war, wie der Lehrer mir nach ein paar Tagen sagte „ein Naturtalent".

Nach der zweiten Lehrgangswoche machten wir eine Art Rennen, um zu sehen, wer in unserer kleinen Gruppe am besten war. Es war nur ein kleiner Fünf-Kilometer-Kurs. Es hatte am Vorabend ordentlich geschneit und die Loipe war frisch geschnitten. Wir waren, glaube ich, 15 Mann und wurden alle 60 Sekunden von unserem Lehrer auf die Loipe geschickt. Da ich als sein Favorit startete, durfte ich zum Schluss loslaufen. Er hatte mir heimlich die Aufgabe gegeben, so viele wie möglich von den anderen zu überholen.
Als ich startete, konnte ich keinen von den anderen sehen und dachte, ich würde gar keinen überholen.

In der Tat konnte ich aber nach ein paar hundert Metern die ersten sehen und kurz darauf auch überholen. Nach und nach überholte ich einige von den anderen Läufern, aber irgendwann musste ich pinkeln, habe meine Skier abgeschnallt und suchte mir abseits der Loipe einen Baum. Zwei von den Läufern holten mich wieder ein und ich hörte wie der eine sagte: „Da ist er, der kleine Pisser. Komm, wir zeigen dem Angeber, was wir draufhaben!"

Ich eilte wieder zur Loipe und schnallte meine Schuhe in die Bindungen. Die anderen waren jetzt gut hundert Meter vor mir und zwei- bis dreihundert Meter vor mir konnte ich noch einige von den anderen Läufern sehen. Also setze ich mir das Ziel, wenigstens die zwei wieder zu kriegen. Ich lief los so schnell ich konnte, aber merkte, dass das Wachs unter meinen Füßen nicht gut funktionierte und ich zu viel Energie verschwendete. Daher konzentrierte ich mich auf das richtige Laufen. „Wenn du alles richtigmachst, dann läuft das fast von alleine.", hatte unser Lehrer mir mal gesagt.

Ich konzentrierte mich auf die Gewichtsverlagerung, dass meine Arme und Beine diagonal, aber synchron arbeiteten, die Drehung in meiner Hüfte und auf die diagonale Gegendrehung in meinen Schultern und merkte, wie diese Dinge mich fast mühelos nach vorne katapultierten. Dann versuchte ich nochmal Gas zu geben, aber diesmal ohne irgendwelche Technikfehler zu machen.

Und es lief wirklich fast von alleine. Ich überholte alle fünfzehn Läufer, die genauso wie ich, als potentielle Neulinge für das Militär Ski Team dabei waren. Der nächste Läufer nach mir fuhr erst vier Minuten später über die Ziellinie.

Zwei Jahre Später

Es war ein wunderschöner Wintertraum. Alles war unter ein paar Metern Schnee gemütlich zugedeckt und die pure weißblaue Landschaft schien alle Geräusche zu verschlucken.

Shhhh…shhhhh….shhhhh das Geräusch meiner Skier und meine rhythmischen Atemzüge waren alles, was ich hörte. Die Tannen waren teilweise nur als spitze Schneehaufen zu erkennen. Links und rechts neben der Loipe ragten die hohen Berge bis in den blauen Himmel. Die Gipfel wurden von der Morgensonne geküsst und hatten eine goldbraune Farbe angenommen. Shhhh…..shhhhh….shhhhh einatmen….ausatmen….einatmen….ausatmen.

Die Loipe war so kalt, dass jeder Stockeinsatz ein quetschendes, knackendes Geräusch von sich gab. Ich hatte es fast bis zum Wendepunkt der Loipe geschafft, wo ich gleich kurz einen Schluck warmen

Grenadine-Syrup mit Honig trinken würde, bevor ich mich wieder auf dem Weg nach unten machen würde. Anschließend würde ich die sechs Kilometer Morterasch Loipe noch einmal laufen, um die 30 Kilometer voll zu bekommen und im Nachmittag dann den Sechs-Kilometerlauf zum Leistungszentrum in St. Moritz, wo wir eine Stunde Kraft-Ausdauer-Training auf dem Plan hatten.

Es war kaum vorstellbar, dass ich ein paar Jahre vorher in einem dunklen, regnerischen Arbeiterviertel in England mein letztes Schuljahr absolvierte, ohne mir wirklich konkret über meine Zukunft Gedanken gemacht zu haben und jetzt lebte ich in der Schweiz in St. Moritz und war Skilangläufer.
Unglaublich dachte ich - dann hörte ich von irgendwo Musik spielen. Es wurde immer lauter und lauter, dann fing eine Stimme an zu singen und ich wurde wie in einem Wirbelwind zurück in mein Zimmer in Hilchenbach gezogen und auf mein Bett geschmissen. Ich wurde wach und drückte den Alarm auf meinem Handy auf stumm… Ich habe von meiner Vergangenheit geträumt, dachte ich. „Hmmmm 18:00 Uhr…. Abendessen!"

Ich schaute aus dem Fenster und sah, dass Schnee liegengeblieben war. Ich wollte ein Handyfoto für Angelika machen und überlegte, wie die Zeiten sich geändert haben. Damals in den Achtzigern haben wir echte Erinnerungen gemacht und vielleicht später jemanden, der sich wirklich dafür interessierte, davon erzählt. Heutzutage macht man ein Handyfoto und zeigt das anschließend der ganzen Welt. Und „Paco aus Rio de Janeiro", der im echten Leben Hans heißt und aus Dortmund Aplerbeck kommt, drückt den „Like"-Button und verteilt es weiter an seine Community …. ohne sich wirklich sich für den Inhalt interessiert zu haben.

Kleiner Tipp fürs Leben….
Man kann sich von irgendwelchen Likes oder Re Gramms - oder wie auch immer diese Dinge heißen - kein Brot schmieren und das Einzige, was dabei rumkommt, ist ein Handynacken! Da ich nicht möchte, dass Angelika einen Handynacken bekommt, habe ich das mit dem Foto gelassen und mich entschieden, ihr das später beim Telefonieren zu erzählen. Dann schnappte ich mir meinen Rollator und machte mich auf den Weg zum Speisesaal.

Beim Essen amüsierte ich mich darüber, dass ich trotz Hirnschäden träumen konnte und dachte: „Vielleicht können wir weiterträumen, wenn unser Gehirn gar nicht mehr funktioniert. Wenn wir tot sind zum Beispiel." „Wenn ich sterbe, will ich einfach einschlafen und vom Winter träumen." Ich glaube, das wäre ein schöner Tod. Dann aber habe ich mich entschieden, diesen Gedanken wie damals in den Achtzigern nur den Menschen zu erzählen, die sich wirklich dafür interessieren. Die anderen am Tisch hätten das eh nicht verstanden und ganz bestimmt nicht geliked. Außerdem habe ich nicht vor zu sterben, sondern noch eine ganze Weile zu leben. Nicht wie früher: ein Ziel setzen und immer schneller und besser sein zu wollen. Nein ich wollte anders leben! Bewusster und aufmerksamer leben als vor meiner Krankheit.

Aber erstmals musste ich an meinen körperlichen Fähigkeiten arbeiten und eine gewisse Grundlage aufbauen, bevor ich später nach Hause fahren bzw. mich fahren lassen würde. Die darauffolgenden Wochen waren vollgepackt mit Physiotherapie, Ergotherapie, Wassergymnastik-Massagen und spezielle Wärme- und Kälte-Therapien. Langsam aber sicher machte ich auch gute Fortschritte. Ich traute mich sogar nach ein paar Wochen nach draußen vor das Hauptgebäude, um ein paar Schritte Nordic Walking zu machen. Das klappte einigermaßen gut bis auf das, dass ich ständig meine Füße dabei anstarren musste und deswegen Nackenschmerzen bekam. Viel später merkte ich, dass ich meine zu bewegenden Körperteile nicht unbedingt anstarren musste, es reichte, wenn ich sie nur visuell mitbekomme.

Jetzt, wenn ich Nordic Walking mache, ziehe ich leuchtend gelbe Laufschuhe an und kann meine Füße wahrnehmen, obwohl ich nicht ständig nach unten schaue. Das sind die kleinen Tricks, die man im Laufe der Zeit benutzt, um auch mit dem Alltag klar zu kommen. So z. B. reicht es, mit einer Hand an der Wand oder einem Geländer entlang zu streicheln, um meine fehlende räumlichen Wahrnehmung zu kompensieren oder die Gesäß- und Oberschenkelmuskeln regelmäßig anzuspannen, um spastische Lähmungen vorzubeugen und hunderte andere Dinge, die ich mir nach und nach angeeignet habe und täglich tue, um besser mit meiner Behinderung klar zu kommen. Vieles davon habe ich in der Reha gelernt, aber eine ganze Menge habe ich mir selber beigebracht und tausende Male geübt, bis ich es konnte. „Einfach aufstehen und weitermachen!" ist eine meiner Lebensmottos geworden, seit ich krank bin.

Vor ein paar Tagen haben meine Eltern angerufen, um mir zu sagen, dass mein Vater Krebs hat. Ich muss dazu sagen, dass wir keine normale Vater-Sohn-Beziehung haben. Es sind zu viele Dinge in meiner Jugend passiert, die so eine Beziehung nicht mehr zu lassen, aber die Situation wird von beiden Seiten respektiert und akzeptiert.

Ich bin aber trotzdem enttäuscht, dass meine Eltern mich nicht besucht haben, seit ich krank bin. Meine Mutter fragte mich, ob ich mit meinem Dad sprechen wollte. Als ich „Ja!" sagte, gab es eine kleine Pause. Dann hörte ich eine wehleidige Stimme am anderen Ende. „Es sieht so aus, als ob wir beide jetzt einen kleinen Kampf vor uns haben.", jammerte er.

„Dad, ganz ehrlich.", sagte ich genervt. „Ich bin seit letztem Oktober schwerkrank. Anfangs dachten wir, dass ich sterbe oder komplett querschnittsgelähmt werde. Ich kämpfe schon die ganze Zeit und werde den Rest meines Lebens kämpfen müssen, um nicht in einem Rollstuhl zu landen oder Schlimmeres." Ich hörte seine Atemzüge, aber er sagte nichts darauf.

„Dad", führe ich fort, „Du musst akzeptieren, dass du krank bist, aufstehen und weitermachen. Und egal, wie lange du noch auf dieser Erde zu leben hast, auch wenn es nur noch ein paar Stunden sind, musst du diese genießen, sonst verschwendest du Sauerstoff, den die anderen Menschen gut gebrauchen könn-ten."

Das klingt nach harten Worten, sind sie auch. Aber er kennt mich gut und weiß, dass ich nie etwas von einem anderen Menschen erwarte, was ich selber nicht bereit wäre zu tun. Er gab mir Recht, hörte auf zu jammern und wir haben eine gute halbe Stunde über alles Mögliche gesprochen.

Ich hoffe für meinen Vater, dass es ihn nicht zu schlimm erwischt. Das hat keiner verdient, aber wir werden demnächst weitersehen und daran ändern können wir eh nichts.

Heutzutage stehe ich morgens auf und kann die ersten zwanzig Minuten überhaupt nicht laufen. Den Rest des Tags laufe ich nur mit großer Mühe und Gehhilfen. Ich habe täglich bis zu hundert spastische Lähmungen in den Beinen, im Rücken- und Beckenbereich. Ich habe keine Gleichgewichtsmotorik mehr und bin nicht mehr in der Lage, viele Dinge, die ich vor meiner Krankheit mit Leichtigkeit gemacht habe, überhaupt hinzubekommen. Aber meckern und jammern bringt mich nicht nach vorne. Aufgeben und in einem Rollstuhl zu sitzen, ist nicht mein Stil. Schlaflose Nächte habe ich auch nicht.

- Warum? -
Ich möchte die schönen Träume nicht missen wollen.

Ab nach Hause

Meine Reha wurde verlängert bis Mitte Dezember 2017 und obwohl man mir geraten hatte, ich solle weiter verlängern, entschied ich mich, an Weihnachten zu Hause zu sein und nach den Feiertagen meine Reha ambulant fortzusetzen. Ich hatte gute Fortschritte während des Reha-Aufenthaltes erzielt und war froh, dass ich bald wieder zu Hause sein konnte, um richtig an meiner körperlichen Fitness zu arbeiten. Allerdings hatte ich mir keine festen Ziele gesetzt und wollte alles nehmen, wie es auf mich zukam.

Nach Hause fuhr mich ein anderer Fahrer. Dieser war zwar ordentlich angezogen, redete aber die ganze Zeit mit sich selbst über die Straßenverhältnisse und das Wetter. Ich unterhielt mich mit einem anderen Patienten, der mitgefahren war und aus Schwerte kam. Er wollte ebenfalls über Weihnachten nach Hause. Ich hatte ihn öfters in Hilchenbach gesehen aber nie angesprochen, da ich das Gefühl hatte, dass er mich nicht mochte und mich irgendwie immer komisch anschaute. Während unseres Gesprächs erzählte er mir, dass er eine Gesichtslähmung erlitten hatte, die für seinen grimmigen Gesichtsausdruck sorgte. Er war aber so gut wie geheilt und war ein netter und freundlicher Mann. Sein Zuhause war die erste Station und wir wünschten uns alles Gute.

Kurze Zeit später kamen wir in meiner Heimat Kamen Heeren an. Als der Fahrer meine Taschen in unserem Flur abstellte, kam unser Hund Paul, ein schwarzer Labrador-Dackel-Mischling, uns schwanzwedelnd entgegen. Mich bellte er nur kurz an, als ob er sagen wollte „Ach, du bist es nur." und lief wieder Richtung Wohnzimmer, um seine Näpfe zu verteidigen. Angelika und ihre Tochter Lisa hatten das Mittagessen bereits vorbereitet und nachdem ich mich von dem Fahrer verabschiedet hatte, setzten wir uns erstmal kurz in die Küche. Ich kann mich nicht mehr erinnern, worüber wir uns unterhalten haben. Ich war mit meinen Gedanken ganz woanders.

Angelikas Stimme schien weit weg zu sein, obwohl sie nur einen Meter entfernt von mir saß. Aber wie bei meinen Rennstarts als Langläufer, war ich dabei, mich auf Dinge vorzubereiten, die demnächst auf mich zukommen würden.
Die Höhe der Küchenschränke, wie tief die Stühle waren, wie viele Schritte es bis zum Badezimmer waren, zur Dusche, die Treppe, das Bett und viele andere Dinge hatte ich im Kopf.

Wie ich das alles bewältigen könnte, welche worst case Szenarien es geben würde, was ich mache, wenn ich falle und keiner da ist? Ein Telefon muss ich immer in der Hand haben für Notfälle und vieles mehr überlegte ich mir. Ich dachte an draußen und wie ich zur Therapie oder zu Arztterminen komme. Darüber, wie ich vielleicht viel später wieder arbeiten kann, habe ich in diesem ersten Moment gar nicht nachgedacht, das wäre zu viel gewesen.

Während sich die anderen über die kommenden Feiertage unterhielten, konzentrierte ich mich auf das Schwierigste, was ich mir je vorstellen konnte; meinen schlimmsten Albtraum! Viel schlimmer als alle meine Ski- und Radrennen zusammengenommen, viel schwieriger und anstrengender, als alle meine härtesten Trainingseinheiten, die ich je im Leben absolviert hatte. Ich war dabei, mich auf mein Leben als schwerbehinderter Mensch vorzubereiten - mit meinen Augenbrauen leicht angehoben in einer wie-soll-das-alles-funktionieren-Mimik und auf meinem Mund - wie immer wenn ich wusste, dass irgendetwas verdammt Anstrengendes auf mich zukam - ein breites Lächeln.

In den folgenden Wochen und Monaten würde ich wenig Grund zum Lächeln haben, zum Lachen erst recht nicht. Ich habe es trotzdem gemacht. Das Ganze war viel anstrengender, als ich es mir je hätte vorstellen können und die Reha kam mir dagegen vor wie eine Wellnesskur.
Zu Hause kam ich erstaunlich schnell mit meiner Behinderung zu Recht und ich merkte, dass ich nach und nach mehr Kraft in meinen Muskeln bekam. Außerhalb unserer vier Wände war das Ganze etwas abenteuerlicher und ich stieß fast täglich an meine Grenzen.
Ich hatte bisher nie gemerkt, wie uneben und manchmal abschüssig, die Gehwege sind. Wie unter-

schiedlich hoch die Platten auf unserer Terrasse waren, wie hoch die Bürgersteige sind und vor allem, wie freundlich die Menschen zu Gehbehinderten sind. Wie denn auch, ich war ja bis jetzt nicht gehbehindert.

Aber es ist wirklich so, ich muss jede kleine Bewegung, die ich mache, bewusst wahrnehmen. Wenn ich das nicht tue und einfach loslaufe wie früher, bekomme ich bei der nächsten Unebenheit die Quittung. Durch die verlangsamte und gestörte Nervengeschwindigkeit kommt die Information von meinem Fuß etwas zu spät im Gehirn an und bevor ich eine Änderung im Terrain unter meinem Fuß merke, bin ich schon gestolpert.

Ich muss daher alle Gehwege neu kennenlernen, muss immer an derselben Stelle die Straße überqueren, sehr auf mich selbst achten und vor allem jeden Schritt, den ich mache, bewusst wahrnehmen. Das hört sich nach großer Anstrengung an, ist es auch, aber nach und nach gewöhnt man sich dran und es gibt sicherlich Schlimmeres im Leben. Ich hätte es leichter haben können. Ich hätte sagen können, dass Laufen nicht geht und hätte sofort einen Rollstuhl bekommen. Aber ich wollte laufen, also musste ich es auch tun.

Die Fußgängerzone in Unna entlang zu laufen ist für mich jedes Mal ein Abenteuer, vor allem, wenn um mich herum viel los ist, wie bei jedem Supermarkt, Arztbesuch oder Therapietermin. Ich hätte mir das

Leben einfacher machen und mich hinbringen lassen oder die Therapie zu Hause machen können, aber das ist für mich kein Leben. Ich brauche nach wie vor die frische Luft, die Gespräche mit anderen Menschen und die Herausforderungen, die jeder Tag uns bringt. Ein paar Tage vor Weihnachten kam unser Hund Paul zu mir, als ich auf der Couch saß, legte sich zu mir und während ich ihn streichelte und anschaute, schlief er ein. Ich dachte in diesem Moment „jetzt hat er mir endlich verziehen".

Ich erinnerte mich an ein Wochenende in der Reha, in der mich Angelika, ihre Tochter Lisa und Paul besuchten. Ich glaube, ich war schon drei oder vier Wochen da und ich hatte ihn insgesamt fast sechs Wochen nicht gesehen. Wir holten Paul ungefähr zehn Monate vor meiner Krankheit als Welpen und ich zählte die Tage, bis ich sein kleines schwarzes Gesicht wiedersehen würde.

Ich wartete vor dem Haupteingang der Klinik und zeigte Angelika, wo es einen freien Parkplatz gab und bewegte mich mit Nordic Walking Stöcken so schnell zum Auto, wie es mir möglich war. Angelika und Lisa waren schon ausgestiegen und Lisa holte gerade Paul vom Rücksitz. Er sprang aus dem Auto, schaute mich kurz an, dann lief an mir vorbei, um die Gegend zu erschnüffeln. „Er kennt dich nicht mehr.", meinte Lisa. „Ja, ich war eine ganze Weile weg, ist nicht schlimm.", sagte ich. Ich war ein bisschen enttäuscht, weil ich wusste, dass er sich an meinen Geruch erinnerte, den vergessen Hunde nie.

Ich dachte, dass er vielleicht auch von mir enttäuscht ist. Ich war auf einmal weg und kam nicht wieder. Kleine Hunde brauchen Menschen, denen sie vertrauen können. Menschen, die souverän und selbstbewusst sind, Menschen auf die sie sich verlassen können. Ich gehörte in dem Moment nicht dazu. Ich beobachte, wie er durch den Schnee schnüffelte und dachte: Naja. Bald gehen wir wieder in unserem Waldstück zusammen spazieren. Er drehte sich kurz um und schaute mich an, als wolle er fragen, wann das sein würde. „Nicht mehr lange, mein kleiner Freund, nicht mehr lange." Dachte ich.

Ich schaute in den Himmel und bekam schlecht Luft wegen meinem Kloß im Hals. Ein paar Schneeflocken landeten auf meinem Gesicht, wo sich eine Träne kurz davor entschieden hatte, mich für immer zu verlassen, so, als schäme sie sich für meinen Zustand. Ich wischte mit einem Handrücken über meine Augen. „Hab Schnee in meine Augen bekommen.", sagte ich und wischte dabei auch heimlich die Träne beiseite. Ich schaute nochmal hoch. Danke Jungs, da habt ihr mich gerettet, dachte ich.

Ich habe immer mit Schnee geredet, als ob es die normalste Sache auf der Welt ist. Neuschnee bedeutete immer frisch geschnittene Loipen. Und wenn es mal abends in der Schweiz schneite, schaute ich aus meinem Schlafzimmerfenster und unterhielt mich mit den Flocken. „Naja, besser spät als nie." oder „Wo seid ihr die ganze Zeit gewesen?", würde ich von mir geben. Oder wenn es beim Training - oder viel schlimmer bei einem Rennen schneite, fluchte ich des Öfteren Dinge wie: „Jetzt braucht ihr auch nicht mehr aufzutauchen oder? Haut ab, ihr Arschlöcher!"

Es gab da einen lustigen Moment in Fulpmes in Österreich.
Während eines 30 Kilometerrennens hatte es angefangen, heftig zu schneien. Mein Wachs hatte nicht funktioniert und ich war absolut erledigt. „Haut ab, ihr Arschlöcher! ….. Ich habe euch nichts getan!" schrie ich laut aus. Als ein anderer Läufer mich überholte und mich anschaute, als ob ich total bekloppt wäre, habe ich nur gegrinst. Ich habe ihn glauben lassen, dass ich wahrscheinlich vor totaler Erschöpfung nicht mehr zurechnungsfähig sei. Wer gibt schon gerne zu, dass er mit Schneeflocken redet.

Naja, jetzt kann ich darüber schreiben und davon erzählen. Ich denke die Menschen, die dieses Buch lesen, werden mich verstehen. Ich hoffe es zumindest.

So, wo waren wir sitzen geblieben? ……. Ach ja, mit Paul auf der Couch.

Therapeuten

Die Monate nach meiner Reha-Rückkehr waren

vollgepackt mit Arztterminen, Kontrollen, Untersuchungen und Therapie. Ergo- und Physiotherapie würden ab jetzt eine große Rolle in meinem Leben spielen. Ich hatte mich in der Reha darauf vorbereitet und eingestellt.

Obwohl ich in der Reha gut mit den Therapeuten klargekommen bin, habe ich keine bedeutende Beziehung zu den Therapeuten aufgebaut. Wir mochten uns und nach ein paar Tagen hat man sich geduzt, aber ich wusste, dass ich nicht ewig da bleiben und hoffentlich diese Klinik nie wiedersehen würde. Daher war es für mich weniger interessant, irgendwelche Freundschaften zu schließen und ich hatte das Gefühl, die Therapeuten haben genauso gedacht wie ich.

Zuhause - in Kamen - war das anders.
Ich bin jetzt mein Leben lang auf Therapie angewiesen. Wir werden meine Beschwerden nicht mehr verbessern können, aber um das Einhalten meiner

Fähigkeiten, sowie die weitere Rehabilitation und Anpassung und den Ausgleich meiner Behinderungen, ist wie gesagt eine lebenslange Aufgabe.

Als ich mich bei meinem Neurologen vorgestellt habe, hatte er meine Krankenhaus- und Reha-Berichte noch nicht gesehen, und nachdem wir über alles Mögliche gesprochen haben, was auf mich zu kommen konnte, hat er mich erstmal weggeschickt mit Verordnungen für Therapie Terminen und mir einen neuen Termin für März 2018 gegeben.

Ein paar Tage später sprach er Angelika an, als sie Unterlagen abholen wollte. Er hatte zwischenzeitlich meine Endberichte gelesen und erzählte Angelika, es wäre eigentlich ein Wunder, dass ich überhaupt auf die Beine gekommen bin. Nach so einem Schlag würde man erst nach neun Monaten bis zu einem Jahr die ersten Schritte erwarten, wenn überhaupt. Und dass wir uns darauf einstellen sollten, dass es höchstwahrscheinlich keine Verbesserungen mehr geben würde.

Normalerweise wäre ich nach so einer Information erstmal deprimiert gewesen und hätte rebellisch versucht, das Gegenteil zu beweisen, aber ich wusste, dass er Recht hatte.

Die letzten Wochen und Monate hatten mir gezeigt, dass es auch für ganz kleine Fortschritte Monate oder sogar Jahre dauern könnte. Ich sah es aber gelassen. Ich habe Zeit, ich bin nicht gestorben und ich kann laufen, zwar manchmal seitwärts und etwas stolprig, aber es klappt, dachte ich lächelnd.

Bei meinem ersten Physiotherapie Termin war mir klar, wieviel ich in den 3 Monaten seitdem meine Krankheit ausgebrochen war, tatsächlich geschafft hatte - nämlich so gut wie gar nichts.
Ich war kaum in der Lage ohne Gehhilfe zu laufen. Ich war zwar etwas besser unterwegs als bei meinem ersten Physiotherapie Termin in der Reha, aber es gab eine ganze Menge, woran ich arbeiten müsste, aber das klappte ganz gut.

Wir arbeiten ständig an meinen Defiziten. Wir suchen und finden Wege, um das, was ich nicht kann zu kompensieren und Unbeweglichkeiten im Becken- und Schulterbereich (Überbleibsel meiner Quer- schnittslähmung) glatt zu bügeln.
Meine Therapeuten haben mich ziemlich schnell ken- nengelernt und richtig eingeschätzt; sie dürfen bei mir richtig Gas geben. Das will ich so und muss es auch, um meine Behinderungen so gut wie es geht in den Griff zu bekommen und vor allem, dass sie nicht

schlimmer werden. Dafür reicht meine Therapie aber nicht aus.

Man muss selbst viel unternehmen, Wege finden, den Körper zu trainieren und die Fähigkeiten, die ich noch habe, aufzubauen und zu verbessern, so dass die Defizite keine Chance haben, mein Leben zu beeinflussen.

Im Sommer dieses Jahres war es richtig heiß. Manchmal war es kurz davor, die vierzig Grad auf dem Thermometer zu knacken. Das ist sowieso schon sehr anstrengend, aber für jemanden mit kaputten Nerven ist es umso schlimmer.
Teilweise waren die Beschwerden - bis auf die Kopfschmerzen - fast so schlimm wie am Anfang. Die spastischen Lähmungen waren mehrmals stündlich da. Ich hatte teilweise wieder Lähmungen im Oberkörper gehabt und weil ich mich nicht so gut bewegen konnte, nahm ich zu allem Überfluss auch noch an Gewicht zu.

Ich muss an dieser Stelle zugeben, dass ich ein Frustesser bin. Ich hatte mich eigentlich auf den Sommer gefreut und gedacht, ich könnte etwas mehr unternehmen. Aber als es dann soweit war, habe ich nur herumgesessen und mich bedauert.

In dieser Zeit schmeckte Karamelleis komischerweise noch besser als sonst und ich habe es auch dementsprechend in mich reingestopft. Es kühlte mich schön ab und war gut für die Seele.

Auch abends beim Fernsehen ist es nicht bei einer Handvoll Erdnüsse geblieben. Manchmal drei, vier oder auch mehr. Ich habe, wenn ich ehrlich bin, nicht immer nachgezählt. Aber oft war abends nach dem Film die Dose leer.

Angelika hatte auch mal abends zu mir gesagt, dass ich nicht so viele davon essen solle, dass ich davon dick werden würde, aber ich hatte immer irgendeine Ausrede parat. „Das ist Eiweiß, Schatz. Das kannst du abends essen, ohne dick zu werden." Solche Lügen gab ich dann von mir.

Irgendwann habe ich knapp 88 Kg auf die Waage gebracht, mit meinen 165 Zentimetern sah und fühlte sich das nicht gut an.

Statt schlank und durchtrainiert wie vor meiner Krankheit, war ich eher quadratisch. Das war weniger praktisch und gut schon mal gar nicht und ich wusste, dass ich bald irgendwas unternehmen musste.

Bevor ich mich aufgerafft hatte, habe ich erstmal meine Situation bedauert. Habe mich, meine Behinderungen und meinen Körper, richtig gehasst. Konnte mich zu nichts aufraffen und habe meine Diagnose und die ganzen Ärzte komplett in Frage gestellt.

„Vielleicht habe ich was ganz Anderes. Parkinson oder Muskelschwund oder vielleicht auch Krebs. Ich begann, alle möglichen Krankheiten im Internet nach zu forschen, um heraus zu finden, was es wirklich ist. Dann war nicht nur mein Bauch dick, ich hatte auch noch dicke Augenringe wegen der schlaflosen Nächte. Nichts lief gut und ich wusste, ich muss mich in den Griff bekommen, sonst habe ich bald noch ein dickeres Problem.

Eines Abends beim Fernsehen habe ich überlegt, wie ich in ein paar Jahren aussehen würde und habe mich mit 120 kg im Rollstuhl vor dem Fernseher gesehen. In der einen Hand einen Pott Karamelleis und in der anderen eine Dose Erdnüsse. Machen zur Info nebenbei beide zusammen ca. 3000 Kalorien aus.
Ich wusste also, dass ich was unternehmen sollte, aber irgendwie fehlte der Kick. Dieser Moment bzw. das Ereignis, was mich zur Bewegung zwingt - es fehlte ein wichtiger Grund.
Dann haben wir abends mal mit Lisa und ihrem Freund Renee draußen gesessen und uns unterhalten.

Ich weiß nicht warum, aber irgendwann ging es ums Abnehmen und ich wettete mit ihm, dass ich innerhalb kürzester Zeit ein paar Kilos abnehmen könnte. Dann hat er mich mit folgenden Satz aus meinem

Dilemma gerettet: „Ich wette, dass du das nicht schaffst!", hat er zu mir gesagt und schaute mir dabei direkt in die Augen.

Das war mein Schlüsselmoment. Dass er nicht an mich glaubte, war irgendwie menschlich und er hatte es sicherlich nicht böse gemeint, aber er hat bei mir genau diese Emotionen geweckt, die ich brauchte, um meinen Hintern hoch zu bekommen und was gegen mein Problem zu unternehmen.

Ich hatte tief in mir wieder die Angst zu verlieren gespürt; dieses Gefühl hatte mich mein Leben lang begleitet und in vielen verschiedene Situationen geholfen, und obwohl es was Negatives ist, habe ich es immer für mich genutzt, um Positives zu erreichen. Dass ich behindert bin kann ich nicht ändern. Aber gegen das Übergewicht und die weiteren Probleme, die davon kommen können, könnte ich was tun. Erstmal „Danke, Renee!", dafür werde ich dir ewig dankbar sein.

Das Ganze war, wie alles andere, seit Oktober 2017, nicht mehr ganz so einfach zu gestalten aber trotzdem machbar. Früher hätte ich einfach ein bisschen mehr trainiert und weniger gegessen und das mit dem Abnehmen lief mehr oder weniger von alleine. Jetzt war das Ganze etwas komplizierter. Ich konnte nicht so trainieren wie früher. Das Maximum wäre eine Stunde leichte Ausdauer, Ergometer oder Nordic Walking und ein paar Übungen für Kraft, also wären nur bedingt Erfolge über das Training zu erwarten. Es führte kein Weg daran vorbei, ich musste die Ernährung zu hundert Prozent hinbekommen, um erfolgreich abzunehmen.

Ich wusste wie es geht; habe als Skilangläufer und Radsportler immer alles protokolliert. Aber damals ging es darum, meinen Bedarf zu decken und nicht ums Abnehmen. Ich habe eine Weile lang geplant und dann eine Ernährungsstrategie entwickelt, in der ich mir keine Fehler erlaube.

So entstand die Strategie „Fixed Goal System", eine Abnahme-Strategie, die besonders hilfreich ist, wenn man aus irgendeinem oder mehreren Gründen nicht regelmäßig intensiv trainieren kann. Nicht jeder Mensch hat eine Behinderung oder Krankheit, aber es gibt Leute, wie zum Beispiel Mütter, die eine junge Familie zu versorgen haben oder Menschen, die lange im Büro sitzen müssen und wenig Zeit haben. Es gibt auch viele Leute, die einfach keine Lust haben, ins Fitnessstudio zu gehen oder regelmäßig Sport zu treiben. All diese Menschen können von "Fixed Goal" profitieren.

Mitte August fing ich an, mein neues Ziel anzustre-
ben: mein Körpergewicht wieder in den Griff zu bekommen und besser mit meinen Einschränkungen
klar zu kommen und ich habe auch sofort gemerkt,
dass meine Therapeuten anders mit mir umgegangen
sind. Sie wollten mehr für und mit mir erreichen. Sie
waren kreativer mit der Gestaltung meiner Therapie
und wir konnten schnell an die guten Ergebnisse, die
wir im Frühjahr erreicht hatten, anknüpfen und aufbauen.

Dazu habe ich was gemacht, was mein Leben schlagartig änderte und ich kann es jedem, nicht nur den
behinderten Menschen, empfehlen. Ich habe mir ein
Dreirad gekauft!

Die Freiheit, die ich verloren hatte, war schlagartig
wieder da. Ich kann mich fortbewegen, ohne mir
Gedanken machen zu müssen, ob ich mein Gleichgewicht verliere oder andere Schwierigkeiten zu bekommen und meistere alle Unebenheiten im Gelände
ohne Mühe. Ich fahre jetzt fast überall damit hin, zu
Terminen, zum Einkaufen und auch einfach so eine
kleine Tour, um die frische Luft zu genießen und was
für meine Beine zu tun.

Bald kommen die Wintermonate und ich freue mich
auf die sonnigen, kalten Tage. Ich freue mich darauf,
auf schneeweißen Wegen zu fahren und frische knackige Luft einzuatmen und mit der einen oder ande-

ren Schneeflocke…. Naja, ihr wisst ja mittlerweile schon, wie ich drauf bin.

Als ich heute Morgen wach geworden bin, saß ich erstmal - wie jeden Tag - auf der Bettkante und rutschte meine Füße ein paar Mal hin und her. Ich holte tief Luft und stand auf. Ich wusste, dass ich im Laufe des Tages mehrmals durch die Hölle gehen würde und dass alles, was ich über die folgenden vierundzwanzig Stunden erlebe, nichts mit einem normalen Leben zu tun haben würde.
Nach den ersten paar wackeligen Schritten und den ersten spastischen Lähmungen des Tages, kam ich langsam in Schwung und machte mich auf den Weg in die Küche, um einen Kaffee zu kochen. Auf meinem ganzen Gesicht war ein breites Lächeln.

Endspurt

Ich habe ein halbes Jahrhundert lang immer

krampfhaft versucht, den perfekten Tag zu erleben.
Habe gedacht, dass ich nur dann richtig gelebt hätte,
wenn ich das schaffen würde.

Dieses Ziel habe ich aber nie erreicht.

Denn der perfekte Tag, so wie ich ihn mir vorgestellt
habe, existiert gar nicht.

Wie denn auch, wenn jeder Tag, den wir im Leben
geschenkt bekommen, genau wie jede einzelne
Schneeflocke, die vom Himmel fällt, einzigartig ist
- keine zwei sind gleich!
Also woher soll man wissen was perfekt ist, und was
nicht?

Seit mich meine Krankheit durch die Tage begleitet, habe ich gelernt bzw. lernen müssen, dass ich nur vorankomme, wenn ich mich selbst beachte, und alles, was ich tue, bewusst wahrnehme.

Und dass ich, wenn ich meine Umgebung wahrnehmen möchte und meine Liebesbeziehung zur Natur in vollen Zügen genießen will, stehen bleibe....

- und mir Zeit lasse.

Man könnte sagen, dass ich gelernt habe „richtig zu leben".

Komischerweise ohne, dass ich mir große Mühe geben muss ist jetzt jeder Tag, den ich geschenkt bekomme, mehr oder weniger perfekt.

Denn richtig leben **ist** wie ein perfekter Tag!

Steve Moralee, geboren 1966 in Süd England, wurde mit 16 Jahren Berufssoldat, wo er als Ski Langläufer und Radsportler jahrelang regelmäßig an seine absoluten physischen und psychischen Grenzen gebracht wird. Später im Leben als Fitnesstrainer und Personal Coach hilft er über 1.000 Menschen ihre Fitnessziele zu erreichen und ist Erfinder des „Fixed Goal Systems" für intelligentes Abnehmen, das speziell entwickelt wurde, um Menschen zu helfen, die, wie er selbst, nicht in der Lage sind, intensiv zu trainieren aber trotzdem erfolgreich abzunehmen. Er lebt zusammen mit seiner Familie in Kamen - Heeren in Nordrhein-Westfalen und bleibt trotz Schwerbehinderung sportlich aktiv.